ラルーナ文庫

偽りのオメガと愛の天使

柚月美慧

JN132151

三交社

CONTENTS

Illustration

篁ふみ

偽りのオメガと愛の天使

本作品はフィクションです。
実際の人物・団体・事件などにはいっさい関係ありません。

褐色の肌を持つ者は、東方より幸せをもたらすという。月の色をした髪に、豊潤な水を湛《たた》える湖色の瞳《ひとみ》は、神からの恵投なのだと創世記にも記されていた。

確かに、腕に抱いた赤ん坊は神の祝福を受けたかのように愛らしかった。

「それじゃあ、兄さん。その子をよろしくね」

「よろしくって……ちょっと！　カリナ！」

お互い十八歳になったばかりだった。

双子の妹のカリナは、生後数週間の息子をラナンに預けると、古い指輪を置いて家を出ていってしまった。この指輪は赤ん坊の父親のものだと言って。

名前もなかった赤ん坊に、ラナンは『リク』と名づけた。

リクとは、ザラ王国で『幸福』を意味する。

父親もわからず、母親にも捨てられたこの子が、少しでも幸せになれるようにと願いを込めたのだ。

そして、ラナンは決意した。

哺乳瓶《ほにゅうびん》から一生懸命ミルクを飲み、生きようとする彼の澄んだ瞳を見て。

「どんなことがあっても、僕が君を守るからね」

翌日、ラナンは古ぼけたトランクに荷物を詰めると、リクを抱いて家を出た。

家といってもバラック小屋だ。

以前住んでいた屋敷とは比べものにならない。

この家にも、辺境の寒村にも未練はなかった。

ラナンはリクと一緒に生きるため、都を目指して歩き出したのだった。

砂の大地にある小さなザラ王国の都は、静かな賑《にぎ》わいを見せていた。

古い土壁の建物が並び、木組みの屋台が何軒も軒を連ねている。

金持ちのアルファたちが、カフェでチャイと水煙草《みずたばこ》を嗜《たしな》んでいるのだろう。白い煙がふわりふわりと霞《かすみ》のように漂っていた。

「おかーさーん！」

できたての菓子を陳列棚に並べていると、店に向かって拙《つたな》い足取りで彼が走ってきた。

「どうしたの？　リク」

「お花屋さんでもらったの～っ」

舗装されていない広場を走ってきた彼に、ラナンは思わず叫んだ。

「そんなに走ったら転んじゃうよ！」

「わぁ～っ！」

美しい花を握り締めたまま、リクはラナンの目の前で顔面から転んだ。

「もう！　だから言ったじゃないか」

店から出ようとすると、配達から戻ってきた店主のマーゴがリクを抱き上げた。

「今日も元気だな、リク。痛くなかったか？」

「痛く……ないもん！　僕はアルファ性だから……泣かないっ」

「そうかそうか。リクは強い子だなぁ」

恰幅《かっぷく》のいい老年のマーゴは、温厚な性格を表すように笑った。

彼に抱かれたままのリクは、ぶつけて真っ赤になった鼻先に手を当てながら、大きな瞳にたっぷり涙を溜《た》めている。

「こっちへおいで、リク」

甘く香ばしい香りが漂う店内から、ラナンが両腕を広げて微笑《ほほえ》んだ。

するとリクは、我慢の限界とばかりに大声で泣き出した。大好きな『母親』の胸に抱かれて安心したのだろう。

——妹のカリナから、リクを預かって三年。

ラナンは得意だった菓子作りの腕を活かし、王城近くの菓子店で働いている。

店の人気は上々で、特にラナンが作る菓子は飛ぶように売れた。

薄い生地が何層にも重なり、その間にナッツを詰めたバクラヴァや、クナーファと呼ばれる鳥の巣の形をした生地に、デーツを巻いて作るアッシュルバルバルなど。

シロップ漬けにしたケーキも上品な甘さで美味《おい》しいと、連日客が押し寄せた。

今ではラナンがいなければ、この店は成り立たないほどだ。

そんなラナンとリクの住まいは、店舗の上の貸し部屋だ。居間と寝室しかない質素な部屋だが、贅沢《ぜいたく》は言えない。

どんなに店が盛況でも、小さな菓子店の雇われ職人の収入はわずかだ。

それでもラナンは幸せだった。

愛《いと》しい息子と、毎日一緒にいられるのだから。

「よしよし、もう泣かないの」

「うわぁーん」

泣きじゃくるリクを、ラナンは慣れた手つきであやす。

「リクはアルファ性だから強いんでしょ？　お母さんみたいなオメガ性じゃないから、いい子なんだよね？」

「痛いの痛いの飛んでいけ」とまじないを唱えて鼻先にキスをすると、リクはやっと泣き止《や》んだ。ヒックヒックと肩を揺らしながら。

——表向き、二人は母子《おやこ》ということになっている。

男でも、オメガ性のラナンは子宮があるので子が産める。よって周囲は何も不思議に思わなかった。

ただリクが褐色の肌に金髪碧眼《へきがん》という、この国では見ない容姿をしているので、父親はどこの国の人か？　と訊《き》かれることはよくあったが。

「父親は、異国の旅人ですよ」

ラナンはそう答えるようにしていた。

実際、リクの父親は異国からの旅人だった。

一時期、カリナと恋仲になっていた男は、褐色の肌に金髪碧眼の青年だった。

きっと東方からやってきたのだろう。

東方には、褐色の肌に金髪碧眼の民がいると本で読んだことがある。

そして、リクの父親はどんな人物だったのか？

カリナに毎日のように惚気話《のろけ》を聞かされていたので、なんとなく知っていた。

しかし移り気な性格で、次から次へと恋人を変えるカリナは、東方の青年とも三カ月ほどで別れてしまった。

それから数カ月後、リクは生まれた。

「私に子育てなんて無理よ。そもそも子どもなんか大嫌いだし」

ラナンと瓜二つ《うりふた》の整った顔をしたカリナは、長くて魅惑的な黒髪を掻《か》き上げ、まるで他人事《ひとごと》のように言った。

「何を言ってるんだ、カリナ！　自分の子どもだろう？」

何度も説得を試みたが、彼女は聞く耳を持たなかった。

そうして言ったのだ。

「私が自由でいるために、この子は邪魔なのよ。だから兄さんにあげるわ」

絶句した。

奔放な妹の性格を熟知していたラナンでさえ、無責任な彼女の言葉に愕然《がくぜん》としたのだ。

カリナは新しい恋人を見つけると、ラナンとリクを残してバラックを出ていった——黄色い石が嵌《は》められた、古い指輪を残して。

「おかーさん。おかーさん」

「なぁに？　リク」

ぼんやりと過去を思い出していたラナンは、リクの呼びかけで現実に戻った。

「あのね、これあげる」

「これを？」

「とってもきれいだから、おかーさんにあげる」

「そうか。リクはこのお花を僕にくれるために、走ってきたんだね」

「うん」

すっかり泣き止んだリクから、一輪の青いクロタネソウをもらった。

クロタネソウはザラ王国の国花で、少ない貿易品の一つでもある。

「ありがとう、リク。大事にするね」

再び鼻先にキスをすると、くすぐったそうな顔をして、リクは抱かれていた腕から下りた。

「おい、リク！　一緒に遊ぼうぜ」

「うん！」

隣のパン屋の息子に声をかけられ、リクは再び駆け出した。

その後ろ姿にラナンは言った。

「もう転ぶんじゃないよー！」

「はーい！」

振り返ることなく両手を上げて返事したリクに、笑みを零《こぼ》した。

「母親思いの良い子に育ったなぁ」

目を細め、マーゴがリクの小さな背中を見つめる。

「はい。マーゴさんたちに可愛《かわい》がっていただいてるので、優しくて素直な子に育ちました」

「それだけじゃないだろう？　ラナンが毎日働いている姿を見ているから、リクは心遣いができる子に育ったんだ」

「……ありがとう、ございます」

褒められて頰《ほお》を染めると、マーゴは「子どもは親の背中を見て育つんだよ」と笑った。

そして次の瞬間、笑顔を曇らせる。

「なのにすまないなぁ。店を閉めるなんて」

「いいえ、仕方のないことです。もう気にしないでください」

そうなのだ。

マーゴは来月いっぱいでこの菓子店を閉める。

理由は、マーゴの妻の肺病が悪化したからだ。

砂漠近くの埃《ほこり》っぽい都会より、まだ空気が綺麗《きれい》な田舎へ引っ越すことを、医者に勧められたのだ。

よって今の建物は取り壊されて、今度は帽子店に変わるという。

(新しい職場、探さなきゃな……)

住まいも職も一気に失うことになるラナンは、リクと生きる場所をまた探さなくてはならない。

これまではマーゴ夫婦も、隣のパン屋の親子も、近所の住民も、この町に流れついたラナン親子を、温かく迎え入れてくれた。

だから貧しいながらも、二人は幸せに暮らしてこられたのだ。

じつは、ラナンとリクが偽りの『母子』であることには、理由があった。

本来ならただの伯父《おじ》と甥《おい》でもよかったのだが、寒村からここへ来るまでの途中、いくつもの関所を通らねばならなかった。

そして兵士が守る関所では、必ず二人の関係を訊かれるのだ。

悲しいことだが、この国では貧しさゆえに子どもの人身売買が横行していて、子どもを連れた大人は、必ず関所で取り調べを受ける。

このことを、国内留学の経験があったラナンはよく知っていて、兵士が守る強固な関所を通るため、リクと母子になったのだ。

いくつもの書類を短期間でかき集め、産婆に頼み込んで嘘《うそ》の出生届を書いてもらい、役所へ行って母子手帳を手に入れた。

こうして二人は法律的に母子となったのだ。

本当の恋をしたこともなければ、愛しい人と身体《からだ》を繋《つな》げたこともないラナンは、リクとの新天地を求めて突然母親になった。

しかし、このことに後悔はない。

リクのためなら、自分は一生恋なんてしなくてもいいと思った――彼が無事に大人になってくれさえすれば。

けれども、次の職場ではどうなるかわからない。

リクが伸び伸びと、素直に成長できる環境が確保できるかどうか？

親であるラナンは、それが一番心配だった。

日が沈んで店を閉めると、麻の前掛けをして夕飯の準備に取りかかった。

今夜はひよこ豆のスープに、硬くなったパンだ。

パンは硬いままではリクが食べられないので、ほんの少しだけミルクに浸して焼いた。

「リク、ご飯だよ」

「はーい」

寝室から出てきたリクは、一枚の紙を誇らしげに掲げて見せた。

「ねぇ、おかーさん！　見て見て～！」

「わぁ、すごい！　とっても上手に書けたね、リク！」

「えへへ」

そこには、木炭で書かれた拙い文字が並んでいた。

「僕ね、いっぱいお勉強して、おっきくなったらお医者さんになるの！　それでね、マーゴの奥さんの病気を治してあげるんだ！」

「そうか。リクはアルファ性だから、きっといいお医者さんになれるよ」

サラサラの金髪を撫《な》でてやると、はにかむようにリクは笑った。

そして二人で味の薄いスープとパンで食事をとると、冷たい水で身体を拭《ふ》き、狭いベッドに入った。

「ねぇ、おかーさん。今日は『ヤスミンの大冒険』をお話しして」

「いいよ。リクはこのお話が大好きだね」

「だって、アヒルのヤスミンが可愛いんだもの」

「そうだね、僕もヤスミンが大好きだ」

期待に目を輝かせるリクに、ラナンは穏やかな口調で語り出した。ポンポンと優しく彼のお腹を叩《たた》きながら。

「『むかーしむかし。ランディーナ王国の港町に、紫色のリボンをつけたヤスミンというアヒルがいました。ヤスミンはとてもお転婆な女の子で……』」

この話は、ラナンも大好きな童話だ。

ヤスミンという雌のアヒルが、船乗りの飼い主とともに世界中を旅するのだ。ラナンも子どもの頃は、乳母にせがんでよく話してもらったものだ。

「『……こうしてヤスミンは幸せの枝を咥《くわ》えると、スキップしながら飼い主のところへ帰りましたとさ。おしまい』」

何章もあるうちの短い話を終えると、スヤスヤと寝息を立てるリクの頬におやすみなさいのキスをした。

育児と仕事に疲れ、寝落ちしてしまうこともしばしばだが、ベッドを抜け出すと自分だけの時間が訪れる。

リクを起こさないよう寝室の扉を半分閉めると、居間のランプを点《つ》けてそろばんを弾《はじ》いた。

「はぁー……」

家計簿を見つめ、深いため息をついた。

今月も生活費がギリギリで、貯金することがほとんどできないからだ。

(このままじゃ、リクを幼稚園に行かせるのも難しいなぁ……)

文字通り、頭を抱えた。

ザラ王国は領土も狭ければ、経済力もない。

教育を受けさせたくても国からの援助はなく、幼稚園も初等教育もそれ以上の高等教育も、すべて実費となる。

だからこの国では、貧しい家の子どもは幼稚園も学校へも行くことができない。無料で開放されている私塾もあるが、読み書きそろばんという、商人として必要最低限のことしか教えてくれない。

それなので、私塾へ通ってもリクが夢見る医師になることは無理なのだ。

「はぁー……」

再びため息が漏れて、ラナンはチョコレート色の髪を掻き上げた。

「やっぱり、もう一つ仕事を増やすかなぁ」

憂いた横顔は端整なラインを描き、呟《つぶや》いた唇は形が良く、キラキラ輝く砂糖漬けのさくらんぼを思わせた。

はっきりした二重に、濃くて長いまつ毛。キャラメル色の瞳は大きくてたくさんの光を含み、肌は粉砂糖のように白くて滑らかだ。今はやつれて目の下にクマができているが、ラナンはじつに美しいオメガ性だった……家が没落した頃に比べて、八キロも体重が落ちてしまったが。

リクが眠ったあとにできる仕事を、ラナンは必死に考えた。

家から近くて、何かあった時にリクのもとへすぐに駆けつけられる距離がいい。そうするとほどほど収入のある居酒屋か、大金を得られる路地の高級娼館《しょうかん》しかなかった。

「娼館か……」

一晩で、ラナンの一週間分の収入が得られるという娼夫《しょうふ》は、確かに魅力的な商売だった。

リクの夢である、医師になれるだけの教育費も払えるかもしれない。

しかし処女で童貞のラナンにとって、娼館で働くことはとても勇気のいることだった。

没落したといっても、十六歳まで培われてきた貴族の血が、娼夫になることを躊躇《ためら》わせたのだ。

（だけど、リクのためだもんな！）

両の拳《こぶし》を握ると、ラナンは大きく頷《うなず》いた。

なぜなら、心に固く決めていたからだ。

初めてリクを抱いた時の愛しさ。

そして懸命に生きようとする、輝きに満ちた青い瞳。

それらに感動した時、ラナンは彼の父が残した指輪に誓ったのだ。

どんなことをしてでも、絶対にリクを幸せにすると。

彼の夢を、すべて叶《かな》えてあげようと。

けれども、後ろめたさは大いにある。

リクが大人になった時、母親代わりの自分が娼夫だったと知ったらどう思うだろう？

悲しむだろうか？

それとも怒るだろうか？

眠っている愛しいリクをドアの隙間《すきま》から眺めつつ、ラナンは三度目となるため息をついたのだった。


それから一カ月後。

今夜リクが眠ったら、ラナンは娼館へ行く覚悟を決めていた。散々悩んで出した答えだ。リクに読み書きそろばん以上の教育を受けさせ、食べることに困らない生活を送らせてあげるために、自ら娼夫という仕事を選んだのだ。

後悔など絶対にしない。

これは自分で決めたことだと、強く己に言い聞かせながら。

「今日も埃っぽい一日だな、ラナン」

常連客の老人が、たっぷりシロップのかかったケーキを買いに来た。

「そりゃそうですよ。この国は砂漠に囲まれてるんですから」

ザラ王国では、「埃っぽい一日だな」というのが挨拶《あいさつ》になっていた。

城壁が低いので、砂塵《さじん》が町まで舞ってくるのだ。

朝一番にやってきた老人を皮切りに、客はひっきりなしに来た。

「ありがとうございました。またよろしくお願いします」

最後の客が店を出ていった頃には、とっぷりと日も暮れていた。

ラナンは対面陳列棚の内側にある小さなテーブルで、一生懸命絵を描いていたリクに声をかけた。

「お待たせ、リク。お店を閉めたら晩ご飯にしようか」

「はーい」

大好きな母親の仕事がやっと終わったのだ。ぱぁっと表情を明るくして、リクはラナンに抱きついてきた。それを両手で優しく包み返す。

「ラナン。今日は儂《わし》が店を閉めるから、もう上がっていいぞ」

「でも……」

「早く家に帰って、リクをいっぱい甘やかしてやれ」

陳列棚に菓子を補充していたマーゴの気遣いに感謝しながら、二人は上階にある部屋へと帰った。

今日も味の薄いスープに固いパンで夕食をすませ、ヤスミンの大冒険を話し聞かせて、リクを寝かしつけた。

そしていつもより良い身なりをすると、少しでもあでやかに見えるよう、先日こっそり購入した紅を引く。

これだけで、ラナンは舞台に立つ美しい踊り子のように見えた。


この世には男と女、さらにアルファ、ベータ、オメガというバース性がある。

ラナンは男のオメガ性だ。

男のオメガ性のみが、女のように子を産むことができる。

しかもオメガ性は希少な存在で、全人口の一〇パーセントしかいない。すべてにおいて秀でているアルファ性ですら、二〇パーセントもいるというのに。

経済力の乏しいこの国にはないが、場所によってはオメガ性だけを囲った後宮もあるらしい。

なぜならアルファ性と番《つがい》になって、アルファ性の子どもを産めるのはオメガ性だけだからだ。

よってラナンは、自分の貴重性を知っていた。

その価値も。

しかも幸いなことに、オメガ性の男には見目麗しい者が多い。

ラナンはその中でも、特に美しかった。

今は手入れをしていないので、チョコレート色の髪は顔を隠すほど長く、風呂《ふろ》も満足に入れないので肌は薄汚れ、栄養のあるものはリクに食べさせてしまうので、やせ細ってはいたが。

しかし「自分は男のオメガ性だ」と言えば、物珍しさから娼館はすぐに雇ってくれるだろう。

十六歳まで、辺境伯爵家の長男だったのだ。凡庸な美しさしか持たないベータ性の女ではなく、見目麗しいオメガ性の男ばかりを好んで抱く貴族や金持ちが多いと、社交界でよく耳にしていた。

戸締まりをしっかりすると、ラナンは大判のスカーフで顔と髪を隠した。

今夜は月も出ていないので、夜の町は暗い。

ラナンは満月の夜に発情するので、あえて月のない夜を選んだ。

発情とは、オメガ性だけに現れる身体の変調だ。

より良いアルファ性の子を産むために発達した機能だといわれているが、詳しいことはわかっていない。

しかも発情期間中は、百合を思わせる強い香りが全身から放出され、発熱したように身体が火照《ほて》る。

意識は強い酒を飲んだように酩酊《めいてい》し、物事の判断もできなくなるのだ。

けれども一番厄介なのは、理性が利かなくなるほど性欲が強まることだ。

サフラン茶を飲むと発情は収まるのだが、サフランはとても高価な香辛料なので、庶民の手には入らない。

よってラナンは、発情するとマーゴ夫妻にリクを預け、劣情を朝から晩まで宥《なだ》め続けた。

そうして一滴も精液が出なくなるほど自慰をすると、やっと発情は収まる。

この発情さえなければ、オメガ性はもっと社会で働くことができるだろう。

しかし、アルファ性をフェロモン臭で惑わせるオメガ性は、理解のない一部のベータ性から、淫猥《いんわい》で卑しい存在とみなされ、雇ってくれるところも少ない。

きっとやっかみもあるのだろう。

アルファ性は何事においても秀でていて、貴族や金持ちが多い。

中にはベータ性やオメガ性の貴族もいたが、国を統べる者はみなアルファ性で、彼らに見初められるのは、オメガ性だけだ。

だからアルファ性の子孫を確実に残せるオメガ性は、ベータ性に嫉妬《しっと》される節がある。なぜなら、ベータ性はアルファ性と番《つが》っても、ベータ性かオメガ性しか産めないからだ。よって貴族や金持ちが集う社交界では、ベータ性は見向きもされない。リクの父親も母親もベータ性だったがゆえに、辛酸を舐《な》めた経験がいくつもあったようだ。

しかし平民であるベータ性のマーゴ夫妻は、息子がオメガ性だったことから理解があり、路頭に迷っていたラナンとリクを助けてくれた。しかもラナンが菓子を作れると知ると、自分の店で働かせてくれたのだ。

マーゴ夫妻には、感謝してもしきれない。

国境近くの寒村から出てきた自分たちに、ここまで良くしてくれたのだから。

盗人のようにきょろきょろと周囲を見渡すと、ラナンは隠れるようにして暗い町を足早に歩いた。距離は百メートルもない。それなのに、娼館までとても長い距離に思えた。

「これが……夜の娼館」

昼間は明かりが落とされ、物音ひとつしない静かな建物なのだが、夜になると甘い香が焚《た》かれていた。

娼館を表す紫色のランプがいくつも灯《とも》されていて、一気に妖《あや》しげな空間へと変わっている。

外に置かれた籐《とう》の椅子《いす》に座った女性は、ゆったりと扇子で扇《あお》ぎながら、ラナンが金になる客かどうか品定めしていた。

この視線に耐えられなくなって、深呼吸をして胸に手を当てると、ラナンは紅を引いた唇を強く結びながら、勇気を振り絞って店の扉に手をかけた。

その時だ。

扉が内側からすっと開き、白い長衣を纏《まと》った青年が出てきた。

「……あ」

反射的に見上げた彼の容姿に、ラナンは目を見開いた。

黒いクーフィーヤを頭に巻き、イカールで留めた長身の青年は、褐色の肌に金髪碧眼だったからだ。

「失礼」

自身の立派な体軀《たいく》が、ドアを塞《ふさ》いでしまっていたことに気づいたのだろう。彼は身体を斜めに避《よ》けると、ラナンが中へ入れるよう促してくれた。

「あ、ありがとうございます……」

紳士的な優しさと、彫りの深い端整な顔立ちに頬を染め、ラナンは娼館の中に足を踏み入れようとした。

すると長衣の彼に突然腕を摑《つか》まれて、ラナンは驚いて振り返った。

「そなた、オメガ性か？」

「えっ？」

金色のまつ毛をした真摯《しんし》な瞳に見つめられ、ラナンは素直に頷いた。

この町でも、オメガ性は珍しい。

しかも、オメガ性の香りに気づくことができるのはアルファ性だけなので、彼はきっとアルファ性なのだろう。

よく見れば、身に着けている長衣も銀糸で刺繍《ししゅう》が施され、黒いクーフィーヤも絹でできている。

「この国では、そなたのような希少なオメガ性が、娼夫をしているのか？」

驚きと憐《あわ》れみの視線を向けられ、ラナンは屈辱から俯《うつむ》くことしかできなかった。

「いえ、まだ……これから娼夫として働かせてもらおうと、店を訪ねたところで」

青い瞳はリクを彷彿《ほうふつ》とさせ、ラナンは彼に嘘をつくことができなかった。

すると彼は、周囲に何人もいた屈強な従者に声をかけた。

「サラーン」

「はい」

彼の呼びかけに、一人の従者が懐から紺色の小袋を取り出した。

「これを持って家に帰りなさい。そなたのような希少なオメガ性が、このようなところにいてはいけない。もし困ったことがあったら、迎賓館に来るといい。明後日《あさって》まではそこにいるから」

「迎……賓館？」

それだけ言うと、彼は何人もの従者を引き連れて闇《やみ》の中へと消えていった。

渡された袋を見つめ、ラナンは何が起こったのか理解できないまま立ち尽くした。

すると椅子を蹴《け》る音が聞こえて、驚いてそちらを見た。

「邪魔だよ！」

苛立《いらだ》たしげに扇子で扇ぎながら、捕まえた客の腕を引いて、先ほどの娼婦がこちらを睨《にら》んでいた。

「あ、すみません……」

入り口を塞いでいたことに気づき、道を開けると、娼婦に思いっきり舌打ちされる。

「オメガ性ってのは、ほんと気楽でいいね。あたしらベータ性と違って、貴重だって理由

だけで特別扱いされるんだから」

嫌悪の眼差《まなざ》しをラナンに残すと、娼婦は客と店に入ってしまった。

彼女の言葉と鋭い眼差しに、すっかり勇気を削《そ》がれてしまったラナンは、日を改めようと自宅へ帰った。

寝室では、リクがスヤスヤと幸せそうに眠っている。

その姿にホッとしながら、顔を洗って紅を落とした。そして部屋着に着替える。

(僕に、娼夫なんて務まるのかな?)

店の妖艶《ようえん》な雰囲気や娼婦からのいびりに、ラナンの心はすっかり折れていた。

(だけど、こんなことじゃだめだ！　リクのために職を……稼ぎのいい仕事を探さなきゃ！)

頭をふるふると振って椅子に腰かけると、テーブルの上に置かれた紺色の小袋が目に入った。

上質な天鵞絨《ビロード》で作られた小袋の中身がなんなのか。ラナンは渡されてすぐに理解した。硬貨だ。

その重みと微《かす》かな金属音で、自分はあの男性から施しを受けたのだとわかった。オメガ性である自分を憐れんで――。

下瞼《したまぶた》にじわりと屈辱の涙が溜まった。

今ではもう屋敷すら残っていないが、もとは国境を守るよう国王から仰せつかった、貴族の末裔《まつえい》だ。そんな自分が人から施しを受けるなんて。

「恥ずかしくて、マーゴにも言えないな」

零れる寸前だった涙を手の甲で拭《ぬぐ》うと、自嘲《じちょう》の笑みを浮かべた。

ザラ王国は、小国だが歴史は長い。

今では王家の力も弱まってしまったが、かつては貿易の拠点として多くの人が行き交い、貴族も貿易商も栄華を誇っていた。

その頃からラナンの家系……タ・アーイ辺境伯は国王の信頼も厚い、勇敢な貴族として有名だったのだ。

しかし貿易手段がキャラバンから船に変わると、ザラ王国は衰退した。

それに伴い貴族も貿易商も力をなくし、落ちぶれたタ・アーイ家の家長であったラナンの父は、酒浸りの日々を送り、自分の家も身体もだめにしてしまったのだ。

このことを、ラナンは誰《だれ》にも言っていない。

家や私財を失うことは万死に値する恥だと、ザラ王国では考えられているからだ。

その教えを、長男だったラナンは、何度も何度も聞かされて育った。ザラ王国の貴族として。

だからザラ王国の没落した貴族は、自らの名も爵位も捨てて、平民に紛れて暮らす。それがすべてを失った貴族の末路だった。

考古学者を目指して勉強していたラナンも、浪費家で派手好きだった妹のカリナも、家が没落してからは身分を偽ってバラックを借り、生活していた。

けれども母も病で亡くなり、残り少なかった貯金も底をつこうという頃。カフェで女中をしていたカリナが、異国の旅人と恋仲になったのだ。

そして二人の間に生まれたのがリクだった。

ラナンは怒濤《どとう》の如《ごと》く過ぎ去った四年間を思い出しながら、徐《おもむろ》に紺色の袋を開けた。それは好奇心というより、目の前にあったからなんとなく……という感じだった。

「これは……！」

しかし、小袋の中には驚くほどの大金が入っていた。

金貨が十五枚。

これだけあれば、リクを幼稚園へ行かせるどころか、初等教育まで受けさせることができるだろう。

慌てたラナンは、とりあえず小袋を食器棚の奥へ隠した。けれども心臓はまだドキドキしている。

（あの白い長衣の人は、一体誰だったんだろう？）

確かに自分は金に困り、娼夫になろうとしていた。だがオメガ性だというだけで、あんなに大金をもらう筋合いはない。

（お金持ちの道楽かな？）

貧しいものに施しをすることに、喜悦を感じる成金もいる。

また、それが当然の行いという、高尚な考えを持つ貴族も。

彼はきっと後者なのだろう。全身から成金とは違う品位を醸し出していたし、屈強な従者たちの身なりも良かった。

そして何より、リクと同じ金の髪に青い瞳をしていた。

この王国の人間でないことは確かだ。

（だけど……そんな身分の高い人が、場末の娼館に来るかな？）

考えれば考えるほど謎《なぞ》は深まったが、寝息を立てるリクの隣に入ると、ラナンは疲れから一瞬で眠りに落ちた。

「ラナン、知ってるかい？　今、ランディーナ王国の第一王子がザラ王国に来てるらしいぞ」

「えっ？」

いつもシロップのかかったケーキを買いに来る老人が、得意げに言った。

「なぜ、そのことを知っているんですか？」

接客用の笑みを顔に張りつけ、ラナンは昨夜出会った金髪碧眼の青年を思い出した。

「うちの姪《めい》っ子が迎賓館で働いててな。昨日会った時に教えてくれたんだよ。ケーキのお礼としてな」

「そうなんですか」

何事もなかったようにケーキを箱にしまったラナンは、それを老人に手渡し、銅貨を受け取る。

「なんでも、ランディーナ王国の王族ってのは、褐色の肌に金色の髪と青い目をしてるらしいじゃないか。もしかしたらリクは、ランディアーナ王族のご落胤《らくいん》かもしれないぞ？」

からかう老人の言葉に、ラナンは心臓が止まりそうになった。しかし「違いますよ」とにっこり笑うと、何度も口にしてきた作り話を始める。

「リクの父親は西洋から来た旅人でした。確かに彼は金髪に青い瞳でしたけど……褐色の肌は、東方で生まれた私の祖母に似たのでしょう」

「そうなのかい？　残念だねぇ。ランディーナ王国の第一王子は、先月事故死した第二王子の子どもを探しにきたって話なのに」

「息子を……探しに？」

この言葉に、ラナンは一瞬呼吸することを忘れた。

「あぁ、だからリクが第二王子のご落胤なら、将来立派な王子様になれたのになぁ」

片手を上げて店を出ていった老人に「ありがとうございました」と頭を下げると、じっとりと汗をかいた手を握り込んだ。

（リクが、ランディアーナ王族のご落胤？）

カリナが恋人の惚気話をしていた時だって、そんなことは一言も言っていなかった。恋人は東方から来た孤独な旅人で、褐色の肌に金髪碧眼というエキゾチックな容姿をしているとだけ言っていた。

しかし東方へ行けば、褐色の肌に金髪碧眼の人がたくさんいるのだろうと、ラナンは勝手に思っていた――いや、近年は必死に思い込もうとしていた。

幼い頃、東方には褐色の肌に金髪碧眼の部族がいると、本で読んだことがある。

しかもその身体的特徴は限られた部族にしかなく、ランディーナ王国を建国した、ランディアーナ一族という、遊牧民族だけに現れる特徴だった。

このことから、ラナンはリクがランディアーナの血を引く者ではないかと、薄々気づいていた。

読書も勉強も大嫌いだったカリナには、ランディアーナ王族についての知識がなかったのだろう。

カリナは頭の回転が速く、優秀なオメガ性だったのだが、享楽家だった父に似たのか、その知恵と賢さは、人生を華やかに謳歌《おうか》することと、金銀財宝に囲まれることにしか向けられなかった。

だから、家が取り潰《つぶ》しになると決まった時、彼女は発狂した。

ひどい癇癪《かんしゃく》を起こして家中の物を壊し、侍女も手がつけられないほど暴れ、形相は鬼のようだった。

「こんなことになったのは、亡くなったお父様のせいだわ！　今すぐ墓を暴いて、心臓にナイフを突き立ててやる！」

彼女の怒りが収まるまで一年かかった。

しかし、母の死によって彼女の心に変化が起きたのか。カリナは自ら仕事を探して働き出したのだ。嫌々ではあったが。

その店で東方の旅人に出会い、リクが生まれた。

けれどもカリナは、日々大きくなる腹を忌々しげに見つめていた。

ラナンは自分にとって、甥か姪になる赤子の出産を心待ちにしていたが、この時すでに旅人と別れていたカリナは、毎日不機嫌でため息ばかりついていた。

そうして赤ん坊が生まれた時、ラナンは泣いて喜んだ。

生命の誕生の瞬間に立ち会えたことにも、深く感動した。

そしてやっと出会えた愛しい甥は、世界で一番可愛かった。

リクを取り上げた産婆は、褐色の肌に金髪碧眼の赤ん坊を複雑な表情で見ていたが、「おめでとうございます」と言葉を残すと、周囲を片づけてラナンの家を出ていった。

それから初めての子育てに悪戦苦闘したのは、ラナンだった。

子どもを産んですぐのカリナは思うように動けないので、代わりにラナンがおしめを替えたり、あやしたり、粉ミルクを飲ませたり、寝かしつけたりしていたのだ。

しかし、身体が自由に動くようになると、カリナはラナンに言ったのだ。

「私が自由でいるために、この子は邪魔なのよ。だから兄さんにあげるわ」

この時の胸の痛みとショックを思い出すと、今でも辛《つら》くて悲しい気持ちになる。

でも、決めたのだ。どんなことがあってもリクを幸せにすると。

常連客の老人と会話した後、ラナンは再び娼夫になる決意を固めた。

（それが、リクの幸せに繋がるのなら……！）


店を閉め、いつものように対面陳列棚の奥で絵を描いていたリクに声をかける。

「リクは、絵を描くのも大好きだよね」

「うん！　これはね、ヤスミンが乗ってる船なんだ！　ランディーナ王国に着いたところだよ」

「そうか。上手に描けてるね」

真っ直《す》ぐな瞳で、楽しそうに絵を描くリクの頭の中では、今どんな物語が紡がれているのだろう。

リクには、すべてにおいて優れているアルファ性の特徴がよく表れていて、容姿がいい上に頭も良い。

三歳にして文字の読み書きも簡単な計算もできるし、大人が考えていることもなんとなく察しているようだ。

だからラナンは、余計に気を使ってリクを育てていた。自分が、父親がわからない私生児であること。没落した貴族の末裔で、貧しい生活を強いられていること。母親だと思っている人物が、本当は伯父であること。そしてその伯父が、金を稼ぐために娼夫になろうとしていること。

リクにはたくさん秘密にしなければいけないことがあったが、それでもラナンはずっと彼を守り、誰よりも幸せにしてあげたかった——たとえ、この身がボロボロになろうとも。

「さぁ、部屋へ帰ろうか。今夜はリクが大好きな、カボチャのスープを作るよ！　パンも買ってきたばかりだからフワフワだ」

「本当に！　おかーさん、嬉《うれ》しい〜っ！」

短い両腕を伸ばして、抱っこをせがむ可愛い息子を、ラナンは愛しい気持ちで抱き上げた。

その時だった。閉めたばかりの店の扉をノックする音が聞こえて、ラナンは何事かとそちらを振り返った。

「どちら様ですか？」

リクを腕に抱いたまま、扉越しに問いかける。すると落ち着いた男性の声が聞こえてきた。

「夜分遅くに申し訳ありません。私はとある方の使者でございます。ラナン様とご子息のリク様にお話があってお伺いしました」

「とある方の……使者？」

この言葉に、ラナンは不審な思いを隠せなかった。

しかし、奥で話を聞いていたらしいマーゴは、もっと不審げな顔をしていた。

「私はこの店の店主で、マーゴという。店員のラナンも息子のリクも、私にとってはじつの子どもと孫のようなものだ。そんな大切な二人を、『とある方』なんて怪しげな人間の使者に、会わせるわけにはいかないな」

厳しい口調でマーゴが言うと、男たちは言葉を改めた。

「マーゴ様のお言葉は、まったくその通りでございます。では、私たちの身分を明かさせていただきます。私たちはランディーナ王国第一王子、アシュナギート・イルローイ・ランディアーナ様の従者でございます」

「ラ……ランディーナ王国の……第一王子？」

「はい。じつはラナン様のご子息であられるリク様は、ランディーナ王国の第二王子、ダシャハーン・イキヤ・ランディアーナ様のお子様の可能性が非常に高いのです」

「えっ？」

驚きから、ラナンとマーゴは目を見合わせた。

この時、確かにラナンは驚きはした。しかし、そうではないかという疑惑が常にあったので、冷静にとらえている自分もいた。

けれども確定してほしくなかった現実が、じりじりと近づいてくる恐怖はあった。

もし、リクの父親が本当にランディアーナ王族の第二王子だったとしたら、王位継承権を持つ者として、リクはランディーナ王国へ連れていかれてしまうだろう。

（それだけは絶対に嫌だっ！）

ラナンは腕の中にいるリクを強く抱き締めた。柔らかな髪を撫でるように頭を押さえる。

本能的にリクを離したくないと思ったのだ。

「おかーさん……？」

心配そうなリクの声がして、ラナンは安心させようと彼に微笑んだ。

「大丈夫。リクはなんにも心配しなくていいからね」

この会話から、さらに危機を感じ取ったのか、マーゴが厳しい顔つきで男たちに訊《たず》ねた。

「一体何を根拠に、そんなでたらめを言うんだい？」

「でたらめなどではありません。我が国の優秀な諜報員《ちょうほういん》が調べました」

この言葉に唇を嚙《か》んだ。こんなにも愛し、慈しみ育てたリクは、もう法律上だけでなく、心も本物の母子だ。それなのに、ここにきて引き離されるなんて――。

「そして何よりの証拠は、リク様の髪と瞳と肌の色が、ランディアーナ王族にしか現れない特徴を持っているからです」

「これは！　リクの父親は西方の人間で金髪碧眼だったことと、肌の色は祖母に似て褐色……」

「ラナン様、もう嘘はやめましょう。真実はあなたの心の中にある。そして代々受け継がれた指輪も」

「指輪？」

一体なんのことだかわからない、とマーゴに視線を送られたが、ラナンは答えられなかった。

なぜなら、ショックだったからだ。

あの日、カリナが置いていった指輪のことも知っているとなれば、この使者たちは他のことも調べ上げているのだろう。

情けなく眉《まゆ》を下げ、ラナンは赤い唇を再び嚙んだ。使者が言う通り、真実は自分の胸の中にあったからだ。

「ご納得していただけましたら、私どもと一緒に迎賓館までお越しくださいますか？」

「……わかりました。では、準備をしてきますので少々お待ちください」

ラナンの言葉に他意はなかったが、使者たちは不審に思ったらしい。

「ではその間、私たちがリク様の面倒を見ていましょう。扉を開けてはいただけませんか？」

不安を覚えてマーゴを見ると、彼は大きく頷いてくれた。

「安心しろ。俺がちゃんと見張っててやるから。ラナンは準備をしてきなさい」

「ありがとうございます」

言葉とともにマーゴが扉を開けると、そこには見たことのある青年がいた。

「あなたは……あの時の？」

目を見開くと、黒い長衣にクーフィーヤを被《かぶ》った青年が頭を下げた。

「あの時はどうも。私の名前はサラーン・ミオと申します。第一王子であらせられる、アシュナギート王子の秘書を務めさせていただいております」

サラーンと名乗った青年は、娼館から出てきた男の脇《わき》にいた人物だ。懐から出した小袋を、ラナンに手渡した相手でもある。

リクをマーゴに預けると、上階の部屋へ向かった。

一緒に来いと言われたからには、きっとあの指輪も必要となってくるだろう。

複雑な気持ちで鍵《かぎ》つきの引き出しを開けると、ラナンは黄色い石が嵌まった指輪を、斜め掛けの布かばんに入れた。

そして、自分とリクが強固な関係であることを示す母子手帳と、不本意に受け取ってしまった施しも中にしまう。

硬貨の入った小袋は、第一王子に返さなければならない。

こんな施しを受ける義理などないからだ。

最後に黒いスカーフを頭から肩にかけて被ると、ラナンは部屋の鍵を閉めた。

日差しが強く、砂嵐《すなあらし》も多いこの一帯では、基本的にアルファ性の男はクーフィーヤという布を頭に巻き、革でできたイカールという輪でそれを留めている。

しかしこの格好が許されるのは、貴族や位の高いアルファ性の男だけで、ベータ性やオメガ性の男女は、スカーフしか巻いてはいけない。

階段を下り、黒い小さなスカーフをリクにも巻いて、マーゴから大事に受け取る。

「何かあったらすぐに逃げ出すんだぞ」

マーゴに囁《ささや》かれ、ラナンはしっかりと頷いた。

（これから僕らは、どうなってしまうんだろう？）

そう思うと、不安と恐怖で今すぐ逃げ出したくなった。

けれども気丈に前を向くと、ラナンは真っ直ぐに彼らを見つめた。

不穏な空気を感じ取ったのか。リクは不安げに眉を下げ、ラナンのスカーフを強い力で握った。

「大丈夫、大丈夫だよ。僕が……お母さんがリクを絶対に守るからね」

囁きながら頬を擦《こす》り合わせると、リクはラナンの首にしがみついた……いつも以上に強い力で。

「それでは、こちらの馬車へどうぞ」

サラーンに促された馬車は、闇夜の中でもわかるほど立派なものだった。

朱色の車体には繊細な金細工が施され、大きな車輪には珍しいゴムが巻かれている。御者が綱を握る四頭の馬はおとなしく、車内へ入るために踏み台を上ると、中は高貴な色を表す、濃紺の天鵞絨で統一されていた。

「おかーさん、すっごくふわふわなお椅子だね」

馬車の戸が閉められ、ゆっくりと車体が動き出すと、隣に座っていたリクが小さく口を開いた。

「そうだね、おうちにある硬い木の椅子とは大違いだ」

幼いなりに、ラナンの緊張をほぐそうとしてくれたのだろう。リクの言葉に微笑むと、彼もまた安心したように笑った。

向かいの席にはサラーンが座り、その隣には屈強な男がラナンとリクを見張るように腰を下ろしていた。二人が逃げ出さないように見張っているのだろうか？

部屋がある菓子店はどんどん遠ざかり、馬車は城下までやってきた。

舗装されていない広場をガタガタと揺られていると、あまり高くない城壁が見えてくる。

そして何事もないように鉄門がすっと開き、馬車は城内へと入っていく。

それは出入りの自由が許されているということだ。辺境伯の長男だったラナンでさえ、城内に入ったことは一度しかないのに。

（こんなところまでやってきて、一体どうするつもりなんだろう？）

やはり、第二王子の子である確率が高いリクは、自分から取り上げられてしまうのだろうか？

この国では、母子の絆《きずな》は何よりも尊いとされ、どんなことがあっても引き離されない。でもランディーナ王国の法律はどうなのだろう？　母子の絆は脆《もろ》くて、安易な扱いをされてしまうのだろうか？

「着きましたよ」

サラーンの言葉と同時に、馬車は丸屋根の白い建物の前で止まった。

王城同様に、金色の丸屋根を有するこの建物は迎賓館だ。王城へ来たことのあるラナンは知っていた。

きっと中には、弟の息子を探しに来たという、ランディーナ王国の第一王子がいるのだろう。

ドキドキと鳴っていた心臓が、さらに大きく鳴りだす。まるで敵国の主将がいる陣地へ、たった一人で乗り込む心境だ。

馬車を降りる時も、降りてからも、ラナンは一切リクを離さずに抱いていた。隙を見せたら、今にも連れていかれてしまいそうで、怖くて怖くて仕方なかったのだ。大事な息子を、奪われてなるものかと。

くどいまでに飾り立てられた迎賓館の扉が開くと、赤い絨毯《じゅうたん》が仰々しく敷かれていた。

廊下の両脇には、有名な画家の絵や立派な彫刻。そして伝統的な刺繍が施されたタペストリーが悪趣味なほど飾られているが、それらがみな複製品であることを、祖父から聞かされてラナンは知っていた。

この国が貿易の拠点でなくなり、財政的に苦しくなった頃。美術館や迎賓館に飾られた高価なものは、すべて他国に売り払われてしまったのだと。

そんな偽物だらけの建物の奥に、鎧《よろい》を纏った兵士が厳重に守っている部屋があった。

ランディーナ王国の第一王子がいる部屋なのだと、すぐにわかった。以前、本で見たことがあるランディーナ王国軍の紋章が、兵士の鎧に彫られていたからだ。

サラーンが部屋に近づくと、扉を守っていた兵士が当たり前のように槍《やり》を退けた。

「アーシュ様、ラナン様とリク様をお連れいたしました」

「入れ」

サラーンの言葉に応《こた》え、中から威厳ある青年の声が聞こえた。ラナンの緊張は最高潮に達する。

どくんどくんと心臓が胸を叩く。無意識にごくりと喉《のど》が鳴った。口の中はカラカラで、唇も痛いほどに乾いている。

幼いリクも、何かを察したのだろう。ラナンに抱きつく腕にきゅっと力が入る。

そして厳かに開かれた扉の先には、黄金の長椅子に横たわる青年がいた。

「君は……！」

青年は青い目を見開き、長椅子から起き上がった。

ランディーナ王国の王子は、やはりあの夜娼館で自分に同情し、施しをくれた青年だったのだ。確かにとても良い身なりをしていたが、まさかランディーナ王国の王子だったとは。

「あの時は、どうも……」

施しを受けた屈辱はまだ残っていたが、人として自分を心配してくれたのだろう彼に、ラナンは頭を下げた。

するとアーシュと呼ばれた王子は、ラナン親子に近づいてきた。

「頭を上げてくれ。当然のことをしたまでだ」

「はい。ですが……」

リクを抱いている手とは逆の手でかばんを漁《あさ》ると、ラナンは紺色の天鵞絨の小袋を取り出した。

「これはお返しします。中の物には一切手をつけておりません」

小袋を受け取った時の惨めさと悔しさを思い出して、口調がきつくなってしまう。

「それは、ずいぶん気丈なオメガ性だな」

アーシュは一瞬目を見張ると、次の瞬間面白そうに微笑んだ。

そうしてリクの頭を優しく撫でると、彼は再び長椅子に座った。脇に立つサラーンに小袋を渡しながら。

「仕方がない。残念だがこの金の使い道はなくなってしまった。明日市場へ行って、クロタネソウの種を買えるだけ買ってきてくれ。この金で」

「かしこまりました」

「あ、あの……この硬貨を、すべてクロタネソウの種に換えてしまうのですか？」

「あぁ。これは君にあげたものだからな。しかし使い道がなくなってしまった以上、この小国に少しでも貢献しなくては」

アーシュが形の良い顎《あご》をしゃくると、ラナンたちの背後に立派な椅子が置かれた。

しかし腰を下ろしたのはラナンだけで、リクは自分の膝《ひざ》の上に座らせた。

「そう睨まないでくれ。君たち親子を取って食おうというわけではない」

「でも……狙《ねら》っているんですよね？　うちの息子を」

「やはり君の子どもなんだね、リクは」

ラナンは何も言わず、アーシュの瞳を見つめた。

他国の王子であれ、真正面から見据えるなんて、死に値する不敬だろう。けれどもラナンは、絶対にリクを渡さない！　と、湖底を思わせる青い瞳を毅然《きぜん》と見つめた。

「――いいな、その目は。守る者を持つ人間の、真っ直ぐな眼差しは好きだ」

顎を手で撫でながら、アーシュはラナンから視線をリクに移した。

「良き母を持ったものだな。我が愛しい甥よ」

この言葉に、ラナンは視線を泳がせる。

本当は妹の子だが、そのことを知っているのは立ち会った産婆だけだ。

彼女以外、この秘密は誰も知らない。寒村では隠れるように暮らしていたので、他人との交流は一切なかったからだ。

それに今は法律上ラナンが母親で、家族は親戚《しんせき》を含めて誰一人いない。

家が取り潰しになった時、同じく辺境伯だった伯父ですら手を差し伸べてくれなかった。だからラナン一家は貴族としての地位を失った時、その存在自体も消されたのだ。

「ところでラナン、君に訊きたいことがある」

「なんでしょうか？」

長い足を組んで黙り込むと、アーシュはゆっくり唇を開いた。

「ダシャハーンの……我が弟のダーシャと最後に会った時。彼はどんな様子だった？」

「最後の様子……ですか？」

ラナンは一度もダーシャに会ったことがない。カリナが付き合いたての頃、惚気話を聞かされた程度だ。

しかし、ここでまったく何も答えられなければ、自分たちが本当の親子でないことがばれてしまう。さすればきっと、リクは安易にラナンから取り上げられてしまうだろう。

「彼は……ダーシャは……」

ごくりと唾《つば》を飲み込むと、ラナンは勝負に出た。

「とても優しくて、動物が好きで。最後の日も身重の僕を連れて、近くの動物園まで行きました。その時の眼差しは本当に穏やかで。翌日突然旅立ってしまうなんて、思いもしませんでした」

カリナとダーシャが別れた理由など知らない。

ある日突然カリナが癇癪を起こし、家中の物を壊して暴れると、「お腹の子はどうするのよ！」と叫びながら頽《くずお》れた。

この状況に、ラナンは二人の破局を知った。

しかし、なぜ二人が別れたのかは聞かされていなかったので、真実と嘘を織り交ぜて、あたかも自分がダーシャの恋人であったかのように説明した……学者を目指していたラナンは、毎日研究ばかりしていたので、恋人などいたことはないのだが。

「――そうか。ダーシャは突然君の前から姿を消したのか」

「はい」

本当は違う。カリナの方から別れを告げたのかもしれない。

しかし真実を知らないラナンは、この嘘を突き通すことしかできなかった。

「おい」

「はい」

サラーンを呼ぶと、アーシュは腰を折った彼の耳元で囁いた。サラーンもそれに二、三度頷き、二人は目配せをしながら話を切り上げた。

「よくわかった。ありがとう。我々も王宮を飛び出してから、客船とともに沈んだダーシャの最期がよくわかっていなくてね。こうして彼の足跡を辿《たど》りながら弟の……いや、ランディーナ王国の第二王子の人生を調べている」

「第一王子のアシュナギート様自ら……ですか？」

「それが何か？」

「いえ……」

普通そのような調査は、王や王子に命ぜられた臣下が行うことではないだろうか？　しかし目の前にいる褐色の王子は、城に引きこもり、政治もまともに行わない自国の王とは違うらしい。自ら弟の足跡を辿る行動力がある。

ふっと、アーシュの青い瞳と視線が交わった。

羨《うらや》ましいほどの長身に、すらりと長い手足。

武術も嗜んでいるのか、長衣の上からでもわかるほど身体は鍛えられていて、強者独特の悠揚たる雰囲気を醸し出している。

頬はすっきりとしたラインを描き、鼻筋は整っていた。

きりっとした眉と目元を縁取る長いまつ毛は濃い金色で、緩やかな癖がある髪も、夜空に浮かぶ月と同じ色をしていた。

(ランディアーナ王族は美形が多いって本で読んだけど、本当なんだな)

心の声が聞こえたのか。アーシュは笑うと、艶《つや》やかな眼差しでラナンを見た。

「俺の顔に何かついているか?」

「い、いえ……っ!」

整った彼の顔を見つめすぎたせいか。からかわれたラナンは頬を染めて目を伏せた。すると膝の上から可愛らしい声が響いた。

「お兄ちゃんのお顔には、お目目とお鼻がついてるよ! それにお口も! ねぇ、おかーさん。なんでこのお兄ちゃんは、リクと同じ目の色をしているの? お肌の色も一緒だよ?」

「そ、それはね……」

無垢《むく》な瞳で見上げてくるリクに困惑していると、アーシュの穏やかな声がした。

「それは、私がリクの伯父だからだよ」

「伯父？」

　これまで親戚もなく、二人だけで暮らしてきたリクは、自分の『伯父』というものがわからなかったらしい。

「そうだ。リクの父上の兄だ。リクの家族だ」

「家族!?」

「あぁ、私はアシュナギートという。アーシュと呼べばいい」

　愛らしい青い瞳が、ぱぁっと明るく見開かれるのが見えた。

「ねぇ、おかーさん！　僕たちには家族がいたんだね！」

「そ、そうだね……」

　リクを奪われる危機感は捨てきれなかったが、ラナンは必死に柔らかい笑みを作った。

「すごい、すごい！　アーシュはリクの伯父さんなんだ！」

「あっ！」

　突然ぴょんと膝の上から飛び下りると、リクは黒いスカーフが床に落ちたことも気づかず、アーシュに抱きついた。

「僕、生まれて初めて見たの！」

「何をだ？」

リクを抱え上げ、自分の片膝に座らせたアーシュは、ドキリとするほど優しい眼差しで彼に訊いた。

「僕と同じ青い目で、お月様色の髪の毛をしていて、美味しく焼けたパンみたいなお肌の色をしている人を。アーシュが初めてなの！」

「そうか。リクの父上も、美しい金髪に褐色の肌。澄んだ空を思わせる青い瞳をしていたぞ。リクと同じ空色の瞳だ」

「そうなんだぁ。お父さんに会いたかったな」

寂しげなリクの呟きに、

「これからは、伯父である私を父だと思えばいい。私もリクを我が子だと思って育てよう」

「ちょ、ちょっと待ってください！」

ラナンは慌ててかばんを漁り、大事な母子手帳を突き出した。

「リクの母親は、オメガ性である僕です！　僕がお腹を痛めて産んだ子です！　ですから、たとえあなた方がランディーナ王国の王子だとしても、僕からリクを奪うことは簡単にはできません！」

このような時のために……むしろ運命はこの時のために、ラナンに母子手帳を作らせた

のかもしれない。

赤い表紙の母子手帳を持つ手は、不安と恐怖に震えていたが、興奮のあまり無意識に席を立っていた。すると周りにいた兵士が牽制《けんせい》するように動いたが、アーシュはそれを片手で制する。

（お願いです、神様！　僕からリクを奪わないで！）

心の中で必死に願いながら、それでもアーシュを気丈に見据えるラナンを、彼も真剣な眼差しで見つめ返してきた。

「サラーン。彼が持つ母子手帳が本物かどうか、確かめてくれ」

「はい」

細面の美しい顔をした忠実な男は、礼儀正しくラナンに頭を下げると、その手からそっと母子手帳を抜き取った。そしてぱらぱらとページを捲《めく》り、最後まで目を通すと、「間違いなく本物です」とラナンの手に母子手帳を返した。

「さぁ、リク。お母さんと一緒に部屋へ帰ろう。二人の部屋へ」

母子だと証明されたので、リクを奪われることはなくなった。

そう思い、ラナンはやっと息を吐き出した。

この国では、母子の絆は絶対だ。

ザラ王国にいる間は、たとえランディアーナ王族でも、自分たち親子を引き離すことはできないだろう。

これで日常に戻れると、ラナンは胸を撫で下ろした。

質素で慎《つつ》ましやかで、穏やかな生活に。

しかし、アーシュの瞳が一瞬光った。

「君は、リクに立派な王子になってほしいと思わないのかい？」

「えっ？」

柔らかなリクの髪を撫でながら、彼は唐突な言葉を投げてきた。

「君のことも少し調べさせてもらったが、今の生活ではリクを学校に行かせることもできないそうじゃないか」

「それは……」

菓子しか焼けない自分の不甲斐《ふがい》なさに、思わず俯く。

するとアーシュは、希望を与えるように口を開いた。

「もしリクの人生を、我らランディアーナ王族に預けてくれるというのなら、どこに出しても恥ずかしくない王子に育てよう。いずれは王となる身なのだから」

「王……」

この言葉に、ラナンは現実を突きつけられた気がした。

そうだ。自分の愛しい甥は、ランディアーナ王族の人間なのだ。そしていずれは第二王子の子として、王位を継承するかもしれない。

(そんな高貴な人となるリクのそばに、僕のような落ちぶれた人間がいてもいいのだろうか？)

ラナンは一瞬の間に様々な思考を巡らせた。

母子の絆は絶対でも、リクにとって母親がただの菓子職人だったという過去は、不名誉なことだろう。この国でさえ、王は太陽の使者として崇《あが》められているのだ。大国ランディーナ王国では、一体どれだけ王が尊い存在なのか、想像もつかない。

(だけど、リクと離れて暮らす人生なんて考えられないっ！)

この時、一つの案が閃《ひらめ》いた。

母親だと名乗ることはもう二度とできないかもしれないが、リクの従者としてランディーナ王国に自分も連れていってもらえないだろうか？　リクの成長をこの目で見られるのなら、馬番だって構わない。考古学者になりたくて、趣味の菓子作りしかしてこなかったが、教えてもらえればどんな仕事でもこなしてみせると、心の中で強く誓った。

(なんとか僕も、ランディーナ王国へ連れていってもらわなくちゃ！)

そう思い、ラナンがスカーフを外して土下座しようとした時だ。

「――綺麗な髪の色だな」

「えっ？」

目を細めて、うっとりした声でアーシュが言った。

「ラナンの髪の色は本当に美しい。つややかなチョコレートのような色で、とても美味《うま》そうだ」

「チョコレート……ですか？」

チョコレートなどと高級な菓子に色を例えるあたり、アーシュが裕福な生活を送っていることを垣間見《かいまみ》せたが、徐に立ち上がると、彼はリクを抱いたまま歩き出した。

「待ってください！」

慌ててラナンは、アーシュの背中に土下座した。

「リクと……息子と離れて生きていくなんて考えられません！　それは僕にとって死を意味するほどの悲しみです！　ですからどうか、僕も従者としてランディーナ王国へ連れていってください！」

額を床に擦りつけ、ラナンは神に……そしてアーシュに願った。

「顔を上げろ、ラナン！」

驚いた声が聞こえて顔を上げると、目の前にはリクを抱いたまま跪《ひざまず》くアーシュがいた。

「従者などではなく、リクの母君としてともにランディーナ王国へ来てもらう。それは当然のことではないか。だから立ち上がってくれ。君の悲しみの涙など見たくない」

「あ……」

この時指摘されて、ラナンは自分が泣いていたことに気づいた。

「おかーさん、大丈夫？　どっか痛いの？」

リクも不安そうにアーシュの腕から離れ、ラナンの頬にキスをしてから呪文《じゅもん》を唱えた。

「痛いの痛いの、飛んでいけ〜！」

たまらなくなって、ラナンはリクの小さな身体を抱き締めた。すると二人同時に、大きなアーシュの胸に包まれる。

「安心しろ、ラナン。我がランディアーナ王族は、もとは遊牧民だった。だから何よりも家族の絆を大事にするんだ」

チョコレート色の髪に口づけながら、アーシュは言葉を続けた。

「ハレム以外で生まれた王の子は体裁が悪いからと、大金を渡して母親から取り上げる国もあるそうだが、我がランディアーナ王族はそのような無慈悲はしない。なぜならばラナンはリクの母親であり、私の義弟《おとうと》でもあるのだからな」

「義弟……」

「あぁ」

アーシュはそう言うと、左手の中指に嵌められたイエローダイヤモンドの指輪を見せてくれた。

「その指輪は！」

慌ててかばんに手を入れると、ラナンはリクの父親のものだったという指輪を出した。

それはアーシュの指に嵌められているものと、まったく同じ形をしていた。

「これはリクの父親の物だな？」

「はい」

「完全に決まりだ。リクは正当なランディーナ王国の王位継承者だ。ここから砂漠を渡ってひと月ほどかかるが、ともに来てくれるな。ラナン」

「もちろんです。リクのそばにいられるのなら！」

慌てて涙を拭うと、ラナンは嬉しくてリクと額を擦り合わせた。

（神様、ありがとうございます！　僕とリクを一緒にいさせてくれて、本当にありがとうございます！）

感激から再び涙が零れそうになったが、リクが心配するのでぐっと堪《こら》えた。

その時、ふいに顎を取られてアーシュの方へ向かされた。

「?」

何事か？　と思う前に端整な顔が近づいてきて、ラナンはアーシュに口づけられた。驚いて唇を押さえると、アーシュはリクの頬にもキスをした。

「我がランディアーナ王族は、親しい者と口づけを交わす。これは親愛の情だ。ラナン」

「そ、そうなの……ですか？」

国が違えば文化も違う。考古学者を目指していたラナンは、そのことをよく理解していたので、顔を真っ赤にしながらも納得した。

それから三日後。

マーゴ夫妻に別れを告げ、ラナンとリクは長い長い王子のキャラバンの中にいた。

屈強な男たちが支える、立派な駕籠《かご》に揺られながら、遠いランディーナ王国を目指して。

ひと月はかかるランディーナ王国への旅は、驚くほど快適だった。

昼は熱い砂漠だというのに、屋根付きの大きな駕籠の中はほどよく涼しく、夜になるとひどく冷え込む中、立派なゲルがあっという間に建てられて、できたての料理がたくさん振る舞われた。

眠るベッドもふわふわで温かく、リクと一緒に寝ながら、ここが砂漠の真ん中だということを、忘れてしまうこともたびたびだった。

この豪華な旅に幼いリクですら驚き、最初はラナンの陰に隠れて様子を見ていたが、子どもとは順応性の高い生き物で、顔見知りになった兵士や子守りと、いつの間にか鬼ごっこをしだした。今では年の離れた友達らしい。

一方、ラナンはまだ警戒心を解いてはいなかった。

リクの母親であるから、ランディーナ王国までは連れていってはもらえるが、もしも血の繋がらない母親だとわかったら、王子を欺いた刑で殺されるだろう。

でもそれまでは……リクが真相を知る歳《とし》になるまでは、なんとか生き延びなければならない。

それがすべてを失い、苗字《みょうじ》まで取り上げられたラナンの唯一の夢だった。立派な青年となったリクを見ることだけが、今の生きがいだ。

「ラナン」

「はい」

広い砂地の木陰で、子守りと遊ぶリクを見守っていた時だ。背後からアーシュに声をかけられ、ラナンは反射的に振り返った。すると当たり前のように唇を奪われて、肩を強く抱かれる。

「今日もリクは元気だな」

嬉しそうに微笑んだアーシュの背後に、従者がすっと長椅子を持ってきた。そこに肩を抱かれたまま、アーシュとともに腰を下ろした。

ランディーナ王国では、バース性に関係なくキスは親愛の情を示すと言われ、一日に何度も唇を奪われる。

しかし、これまでキスする相手などいなかったラナンは、なかなか慣れることができず、心の中でいつも戸惑っていた。

「どうかしたか？」

「い、いえ……なんでも」

先ほどの不意打ちのキスにも、胸がドキドキと大きく鳴って仕方がない。

やはり自国の習慣に慣れているのか、アーシュは平然とした顔でリクが遊ぶ姿を見ている。

「子どもとはいいものだな。そこにいるだけで周囲を明るくしてくれる。きっと我が城はさらに賑やかになるだろう」

「お城が賑やかに……ですか？」

「あぁ、我が城には何十人も子どもがいる。リクは元気があって社交的だからな。すぐに馴染《なじ》むだろう」

「だといいのですが……」

きっとアーシュは、自分の子どもたちのことを言っているのだろう。

こんなふうに気さくに接してくれる彼だが、大国の第一王子だ。王城内には大きなハレムがあって、そこには何百という美男美女のオメガ性がいるに違いない。なぜなら優れたアルファ性の子が産めるのは、オメガ性だけだからだ。

アルファ性とベータ性が番になったとしても、子どもはできない。だからアルファ性が通う高級娼館にはベータ性しかいない。どんなに遊んでも子どもができないからだ。

しかしベータ性同士や、ベータ性とオメガ性の間には子どもができる。時にはアルファ性が生まれることもある。

ラナンのいたザラ王国も、かつてはオメガ性だというだけで、強制的にハレムに連れていかれたらしい。だが国力を失ってからは、オメガ性も大事な労働力として働くようになった。

「……少し風が出てきたな」

絹でできたアーシュのクーフィーヤが、パタパタとはためきだした。

「これは砂嵐の予兆かもしれない。リク、残念だが遊ぶのはもうおしまいだ。ゲルの中へ入ろう」

「どうして？　アーシュ」

汗を浮かべて遊びまわっていたリクの額を拭ってやると、アーシュがリクを抱き上げた。

「もうすぐ砂嵐が来る。ゲルの中に避難しよう」

「砂嵐？」

「そうだ。前も後ろも、右も左もわからなくなるほど視界が曇って、息をするのも苦しいぐらい砂が舞い上がる。そんな中で鬼ごっこをしていたら、すぐに捕まるか迷子になってしまうぞ？」

面白おかしく笑顔で説明したアーシュは、不満顔のリクを抱き上げた。

「では、リク。砂嵐が収まるまで、ゲルの中で『コンコール』というカード遊びを一緒にしようか」

「コンコールってなぁに？」

こてんと首を捻《ひね》ったリクよりも、この言葉に喰《く》いついたのはラナンだった。

「アーシュ様は、コンコールを知っておられるのですか⁉」

「あぁ。古代の遊びだが、我がランディアーナ王族には伝わっていてな。コンコール用のカードも木札も『コン』と呼ばれる石もあるぞ」

「それは……すごい！」

瞳を輝かせたラナンの頬は、興奮から紅潮していた。

コンコールというカードゲームは千年前からあったらしい。しかし二百年前に多国間で大きな戦争があった際に、遊戯禁止令というものが発令され、伝統的な遊びの多くは失われた。

その時、ランディーナ王国発祥だというコンコールも、カードや木札とともに失われたとされていた。

「あの、コンコールに僕も混ぜていただけませんか！」

ラナンの考古学好きの血が騒いだ。その勢いたるもの、普段はおとなしいラナンには珍しかったのだろう。目を丸くしたアーシュは、次の瞬間ニヤリと笑った。

「どうする？　リク。我ら二人で遊ぼうと思っていたコンコールに、ラナンも混ぜてほしいそうだ」

「おかーさんも、一緒に遊びたいの？」

「うん、お母さんも一緒に遊びたいよ」

リクの頭を優しく撫でると、彼はとんでもないことを言い出した。

「じゃあ、アーシュにちゅってしてあげて！」

「はっ？」

突然の息子の言葉に、ラナンは瞬《まばた》きを繰り返した。

「アーシュのお口にちゅってしてあげて」

「ど、どうして!?」

「だってね、昨日の夜。アーシュが悲しそうに言ったんだ。アーシュはおかーさんのことを家族だと思ってちゅってしてあげてるのに、いつまでもおかーさんはアーシュにちゅってしてくれないって。家族だと思われてないのかなぁって、しょんぼりしてたの」

「そ……そんな愚痴を、幼いリクに言ったんですか!?」

頬を染めながら怒り半分に訊くと、アーシュは子どものように唇を尖《とが》らせた。

「だって、本当のことではないか。俺はこんなにもお前に愛しいと伝えているのに、お前は親愛の情を示してくれたことが一度もない」

「……っ！」

国も違えば文化も違うと承知しているが、ラナンが育った国では、キスは恋人同士しかしない。

それでも大国の王子だからと、恥ずかしいのを思い切り我慢してアーシュの口づけを受け入れていたのに、今度は自ら進んでキスをしろというのか？

子どもの言うことだから無視してもいい気もしたが、アーシュの青い瞳はすでに期待に満ちていた。

今年二十五歳になるという彼は、時々やたらと幼い表情を見せる。これではリクが年上なのか、アーシュが年下なのかわからなくなってしまうほどだ。

当の本人はどうしていいのかわからなくなって、その場で黙り込んだ。すると最後の一撃とばかりに、リクの言葉が胸を突き刺した。

「アーシュを悲しませるおかーさんなんて、僕は嫌いだよ。だって、アーシュは僕の伯父さんなんだもん。家族なんだもん。おかーさんだって、アーシュの家族でしょ？」

「そんな……嫌いだなんて」

ショックで、下瞼にじわりと涙が浮かんだ時だった。

「そうだぞ。今すぐ俺にキスしないと、コンコールに混ぜてやらないぞ？」

リクの言葉に調子づいたアーシュをキッと睨みながらも、考古学者志望だった血も騒ぐ。

(伝説の遊戯である、コンコールで遊んでみたい)

ラナンはリクとアーシュの言葉に、大きくため息をつくと覚悟を決めた。

(そうだよ。さっさとキスしてゲルに入らないと、大変なことになるし……)

自分に言い訳をしてから、ラナンはアーシュの肩に両手を添えると、頭一つ半は高い彼の頬にキスをした……なぜかひどく胸がドキドキして、顔から火が出そうになりながら。

「こ、これで……僕も家族ですよね！　コンコールに混ぜてもらえますよね！」

「もちろん」

精悍《せいかん》な顔に蕩《とろ》けた笑みを浮かべたアーシュに促され、ラナンは二人とともにゲルへと入った。

立派なゲルは、ひどい砂嵐でもびくともしなかった。


「まず、この札が王だ」

「王様？」

「そうだ。そしてこの赤い札が王妃だ」

「王妃様……」

毛足の長い、肌触りのよいカーペットの上に座りながら、ラナンとリクは男らしいアーシュの手元を覗《のぞ》き込んでいた。

今、ラナンの手には紙とペンがある。伝説の遊戯であるコンコールのルールや思想を、必死に書き込んでいたのだ。一言も聞き漏らさずに。

そんな真剣なラナンの姿に好感を抱いたのか、アーシュの説明にも力が入ってきた。

コンコールのルールは、カードを使ったババ抜きと、騎馬や兵士や王を模した木札を使った盤上遊戯で、コンと呼ばれる石に書かれた図形で戦略方法が決まっていく。

本来はもっと細かいルールがあるらしいが、今回は三歳のリクでも遊べるように、一番簡単な方法で始めた。

カード・木札・石と三か所に気を配らなければいけないゲームは、なかなかに頭を使った。しかしやればやるほどその面白さに取りつかれ、三人は夕飯の時刻になるまで、笑い声を上げながら遊び続けた。

「――よく寝ているな」

「はい」

夕飯を食べ終え、湯で身体を流したあと。ランプの光が柔らかく落とされたゲルの中に、アーシュの声が優しく響いた。

今日も一日楽しかったのだろう。すやすや寝息を立てるリクを見つめながら、ラナンもそろそろ同じベッドに入って寝ようかと思った時だ。

「眠くなってきたな」

まるでラナンの心の声を代弁するかのように、アーシュが伸びをしながら大あくびをした。

ここは、ラナンとリクのために用意されたゲルだ。

広くて暖かく、壁には装飾品である立派な模造刀が飾られ、部屋の中央には大きなベッドが置かれている。

隣接するように建てられた王子専用のゲルには、きっとこのベッドよりも大きなものが置かれ、伝統的な刺繍や美しいゴブラン織りのタペストリーが、壁にかけられているのだろう……入ったことがないので、想像でしかないが。

「……本当に眠いな」

再び口にした彼は、もうすでに夜着に着替えていた。

眠る前に、可愛いリクの寝顔が見たいからとやってきて、長椅子に座りながら持参した本を読み始め、もうすでに三十分以上このゲルにいる。

（眠いのなら、早くご自分のゲルにお戻りになればいいのに）

ラナンは何度か思ったが、壁沿いに置かれた机に向かって、コンコールのルールについてノートを清書していた。

だから、しばらく気がつかなかったのだ。眠い眠いと言っていた彼が、いつの間にかリクの隣で寝ていたことに。

「ちょ……アーシュ様！」

清書も終わり、自分も寝ようと振り返った時だ。

幸せそうに瞼を閉じた王子の姿が目に飛び込んできて、ラナンは慌てた。

「こんなところで寝てはなりません！　どうぞご自分のベッドへお戻りください！」

声を潜めながらも強い口調で言うと、アーシュの腕がぬっと伸びてきて、ラナンは布団の中に引きずり込まれた。

「うわっ！」

片腕を引かれて、腰を抱かれて持ち上げられると、男らしい温かな香りがするアーシュの胸の中に包まれる。

「これは俺のキャラバンだ。ということは、どのゲルもベッドも俺の物ということ。だから俺がどこで寝ようと自由だ。お前の隣で眠るのもな」

「な、何を仰《おっしゃ》って……」

ベッドの中で、自分より大きな人に抱き締められるなどという経験のないラナンは、ドキンドキンと鼓動を跳ね上げさせた。

(ど、どうしちゃったんだろう？　僕……)

恐怖や驚き、考古学に関する興奮を覚えた時はドキドキと胸が鳴るけれど、誰かに触れられたり、誰かに抱き締められてこんなに鼓動が速まるなんて、初めての経験だった。

(き、きっと……アーシュ様からいい香りがするせいだよ)

ベータ性とオメガ性は、アルファ性が発している性フェロモンの香りを、感じることができない。基本ベータ性やアルファ性が発する性フェロモンを感知できるのは、アルファ性だけだ。中には『運命の番』といわれる、香りだけで結婚相手がわかる強者もいるらしい。

しかしそれを抜きにしても、アーシュからはいい香りがした。まるで草原で日向《ひなた》ぼっこをしているような……深呼吸して、新鮮な空気で肺を満たすような、そんな爽《さわ》やかで温かい香りだ。

（このまま、アーシュ様の香りに包まれて眠ることができたら、どんなに幸せだろう……）

そう思って目を閉じそうになったが、ラナンはふるふると頭を振ると、逞《たくま》しい彼の胸を押し返した。

「や、やはりこのように三人で寝るのはよくないと思います」

「まだそのようなことを言うのか？」

肘《ひじ》をついて頭を乗せ、アーシュが呆《あき》れ気味にラナンを見た。

（僕は、リクの母親だもの。ということは、ダーシャ様の『妻』ということだから、たとえ偽りだったとしても、ダーシャ様に申し訳ない）

生真面目《きまじめ》なラナンは、ダーシャに一度も会ったことはないが、義理だけは通そうと考えた。

「僕は、ダーシャ様の妻です。入籍はしていませんが、今でも心はダーシャ様のものです。ですから、夫以外のアルファ性と同じベッドで眠るのは、倫理的によろしくないかと……」

言葉を選びながら下手な演技をすると、途端に青い瞳が見開かれ、アーシュは固まったように動かなくなった。

「あの……アーシュ様、どうかなさいましたか？」

何やらショックを受けている様子の彼に問いかけると、突然外が騒がしくなった。

「な、何⁉」

驚いて起き上がり、木戸の方を見る。すると獣の嗅覚《きゅうかく》で何かを感じ取ったかの如く、アーシュが勢いよく起き上がった。

「ラナン、リクを抱いてベッドの裏に隠れろ！」

「は……はい！」

状況が呑《の》み込めないまま、ラナンは未《いま》だ目覚めぬリクを抱き上げると、大きなベッドの陰に隠れた。

するとアーシュは、壁に飾られていた模造刀を鞘《さや》から抜き取った。なんと、模造刀だと思っていたそれは、本物の刀だったのだ。

「アーシュ様！」

感じたことがないほどの殺気を纏いながら、彼は呼びかけにも振り返らず、ゲルの木戸を開けて騒ぎの中へと飛び込んでいった。

木戸はすぐにバタンと閉められてしまったので、外で何が起こっているのかよくわからない。

しかし、

「賊だ！　賊が来たぞ！　直《ただ》ちに打ちのめせ！」

「賊は何人いる！　早く情報を集めろ！」

「怪我《けが》人が出た！　今すぐ救護しろ！」

ゲルの厚い壁を越えて聞こえてきた兵士の怒号に、ラナンはやっと外の状況を知った。

ここは砂漠の真ん中だ。広大な砂漠には複数の盗賊団が隠れていて、ぞれぞれの縄張りで今か今かと獲物を狙っている。

けれどもこのキャラバンは長大な上に、毎晩兵士が見回りをしていた。そのおかげで今日まで平和な夜を過ごしてこられたのだが、あと少しでランディーナ王国に着くというところで、とうとう賊が襲ってきたらしい。

外からは男たちの怒声が聞こえ、兵士たちが走る甲冑《かっちゅう》音や、馬の嘶《いなな》きがさらに恐怖を煽《あお》った。

（アーシュ様！　アーシュ様はご無事だろうか!?）

ラナンは居ても立ってもいられなくなって、カーペットの上にリクを寝かせると、薄く開けた木戸から様子を窺《うかが》った。

刀がぶつかり合う勇ましい喧騒《けんそう》の中、アーシュは次々と賊を倒していく。しまいには、自分の身長より倍はありそうな大男と刃《やいば》を交えさせた。

ラナンは二人の戦いを固唾《かたず》を呑んで見ていた。

（アーシュ様っ！）

不安と恐怖から思わず叫び出したくなる声を必死に殺し、ラナンは二人の戦いを固唾《かたず》を呑んで見ていた。


どうやら周りの雰囲気や風格からして、大男は賊の長らしい。松明《たいまつ》に照らされると、顔にいくつも傷があった。そしてその厳《いか》つい姿は、本で読んだ熊という動物にそっくりだった。

「なんだ？　ずいぶんと見た目のいいオメガ性を連れてるな？　あんたの色か？」

突如、大男と目が合い、ラナンは恐怖で竦《すく》み上がった。

「高く売れそうだ！　もらっていくぜ！」

いやらしく口角を上げた大男が、ラナンのもとへ走ってきた時だ。

「愛しい義弟に、指一本触れさせるものか！」

アーシュの刀が鼻先を掠《かす》め、大男の足が止まった。

しかし大男は振り返ると同時に大刀を振りかざし、アーシュの美しい金髪が数本切られる。

（うわっ！）

ラナンの心臓はきゅっと縮み上がった。

しかしアーシュは身軽に……まるで大男を嘲笑《あざわら》うかのように俊敏に動き回ると、隙をついて男の鳩尾《みぞおち》を思い切り蹴り上げ、蹲《うずくま》って倒れた彼の喉元に刀を突き立てた。

「このキャラバンが、我々ランディアーナ王族のものと知っての狼藉《ろうぜき》か？」

普段の穏便さなど微塵《みじん》も感じさせないアーシュは、ナイフのような鋭い目つきで大男を睨んだ。

「じゃなきゃ、襲ったりなんかしないさ」

明らかに自分の方が不利なのに、最後の矜持《きょうじ》を振り絞るように大男は叫んだ。

「大陸一の軍隊を持つランディーナ王国の宝を狙わないなんて、盗賊の恥だ！　腰抜けだ！」

「なるほど。では、その勇敢さに免じて名前だけは聞いてやろう」

「ムルタ一族のガルトだ」

「では、ガルト。一度だけ機会をやる。このまま尻尾《しっぽ》を巻いて逃げるか？　それともここで俺に首を切り落とされるか？」

「くっ……」

ガルトと名乗った大男は悔しげに唇を噛むと、「撤退だ！」と大声を上げた。

するとこ分の男たちは次々と馬に乗り、暗闇の中へ逃げていく。

アーシュもこの言葉に剣を下ろすと、ガルトは立ち上がり、あとずさるようにして巨大な馬に乗って消えていった。ラナンを一瞥《いちべつ》して。

「アーシュ様！」

やっと緊張から解き放たれ叫びながら転び出ると、刀を投げ捨てたアーシュに抱き留められた。

「ラナンもリクも大事ないか？」

「はい。アーシュ様が守ってくださったおかげで無事でした」

「そうか、それはよかった」

微笑むと、「怖い思いをさせて申し訳なかった」と顎を取られ、ゆっくりと唇を重ねられた。

（こ、これって……）

まるで恋人同士のようだと思った。

先ほどとは違う心臓のドキドキが、ラナンの華奢《きゃしゃ》な胸を叩く。

頬が焼けるように熱くなって、ときめきが止まらなかった。

これまで「ときめく」という感情を覚えたことなどないのに、これがときめきなのだと本能が教えてくれた。

「……おかーさん？　アーシュ？」

うっとりと目を閉じた時だ。背後から寝ぼけた愛らしい声がして、アーシュからパッと離れた。

「リ、リク！　起きたの？」

「うん……僕、なんで床の上で寝てたのかなぁ？」

小首を傾《かし》げたリクを、アーシュが抱き上げた。

「すまないな。ベッドの具合が良くなくて直していたんだ。だがベッドが直ったから、もう大丈夫だぞ」

「本当に？」

「あぁ、俺がちゃんと直しておいた。リクとラナンが安心して眠れるようにな」

彼はベッドにリクを下ろすと、羽毛の詰まった掛布団をふんわりとかけた。

するとゲルの木戸が叩かれ、「アーシュ様」とサラーンの声が聞こえた。それから控えめに外から扉が開けられる。

「報告が遅いぞ、サラーン」

「申し訳ございません」

深く頭《こうべ》を垂れたサラーンは顔を上げると、小声でアーシュと会話を始めた。

内容は細かく聴き取れなかったが、先ほどの賊のことや現状、兵士に負傷者がいるかどうかなどを、報告しているようだった。

「そうか、ご苦労。お前も休んでくれ」

「はい。では失礼いたします」

サラーンはアーシュとラナンに視線を送ると、木戸を閉めて出ていった。

「さぁ、ラナン。問題はすべて解決した。安心してリクと寝るがいい」

「はい、ですがアーシュ様は？」

一緒にお休みにならないのですか？　と問いかけようとした時だ。

「お前の言う通り、いくら愛しい義弟とはいえ、人妻とベッドをともにしようとしたのは間違いだった。困らせてすまなかったな」

「いえ、そんな……」

元気のない彼の声を不可解に思ったが、ラナンは一日の疲れから、ベッドに入ると一瞬にして夢の世界へと旅立ったのだった。

ひと月かけて砂漠を越えると、乾いた黄土色の大地が見えるようになり、そこで待機していた王族専用の馬車に乗り換え、三日かけてランディーナ王国に着いた。

「ここが……ランディーナ王国……」

これまで目にしたこともないほど豊かな田園が続き、水が湧《わ》き出る小川や湖を横目に、さらに数日かけて王都を目指した。

その段階で、ラナン親子はすでにランディーナ王国の豊かさに圧倒されていた。

深い森があるおかげか、出てきたザラ王国よりも風が断然爽やかで涼しい。土地は適度に湿っていて、乾いた大陸にある国だとはとても思えなかった。見たこともない花々が野原や沿道に咲き、こんなにも色に満ちた世界を見るのも初めてだった。

農村の家屋はザラ王国と同じ土壁ではあったが、表面はもっとなめらかで、瓦《かわら》屋根は赤や青など、色とりどりの個性を持っていた。判で押したように、同じ民家が続く母国とは大違いだ。

そして何よりもラナンを驚かせたのは、王都の発展ぶりだった。

「すごい……！」

厳重に守られた強固な壁から続く大木の跳ね橋を渡ると、立派な王都は見えてきた。それを見た瞬間、ラナンの第一印象も第一声も、ただ「すごい」としか出てこなかった。

「ねぇ、アーシュ！　あれは何⁉」

「あれは噴水だ。新鮮な井戸水が常に湧き出ているから、国民の生活用水にもなっている」

「あれは？　あれは？」

「ん？　あれはだな……」

リクも同じ状態だったらしく、馬車の窓越しに見えるすべてのものを、アーシュに訊ねていた。アーシュも丁寧に答えてやっている。興奮気味のリクを優しく宥めるように。

「あれは……あれは何ですか？」

「ん？」

まるでリクのような純粋さで訊ねてしまったラナンは、馬がいないのに走っている四輪の乗り物を指差した。

「あれは木炭自動車だ。馬車よりもずっと早くて長い距離を走れるのだが、砂漠の上を走ることはできなくてな。今、砂漠でも走れる車を開発している」

「開発って、国を挙げてですか？」

「あぁ。国益となることに、ランディアーナ王族は惜しみなく資金を出す。それがランディーナ王国の発展に……さらには国民の豊かさに繋がるからな」

「その通りですね」

王城は街を見下ろすように丘の上に建てられていて、黄金に輝く大きな丸屋根は、この国の繁栄を表しているようだった。

「わー！　おかーさん！　おっきなお城だね！」

「そうだね」

馬車止めに馬車が止まると、リクは勢いよく外に飛び出した。そうして儀仗兵《ぎじょうへい》が背の高い白い扉を開けると、ラナンの髪と長衣をふわっと潮風が揺らした。

「……綺麗」

城のエントランスは吹き抜けになっており、真正面には大きな両開きの窓があった。その先に見えるのは、ラナンが生まれて初めて目にする海だった。

「アーシュ！　広ーいお池が見えるよ！」

再び興奮しだしたリクを抱きかかえると、アーシュはラナンの横に立った。

「リク、これは池じゃない。海だ」

「海!?」

この言葉に、リクの瞳はさらに輝きを増した。

「おかーさん、おかーさん！　ここの海にヤスミンがいるの？」

「ヤスミン？」

不思議そうな顔でラナンに問うてきたアーシュに、まだ感動に震えている胸で答えた。

「リクも僕も大好きな童話に出てくる、アヒルの名前です。船乗りの飼い主と一緒に船に乗って、世界中を旅するお話なんです」

「ヤスミンのお家はランディーナ王国にあって、いつもランディーナ王国の港町から海へ旅立つの！」

「へぇ、そんな童話があるのか。知らなかったな」

面白そうに微笑んだアーシュに、ラナンも笑みを浮かべた。

「ザラ王国に昔からある童話なんです。だからまだザラ王国も繁栄している設定で、ランディーナ王国は小国として表現されています」

「そうか。それじゃあ百年以上前に書かれた話だな」

「はい。現国王から三代遡《さかのぼ》った、『黄金の砂漠交易時代』に作られた童話です。貿易の主流が海へと変わりつつあった頃ですね。だから、当時最先端の職業だった貿易船の船員が、主人公の飼い主なのでしょう。子どもたちの憧《あこが》れの職業だったと思いますよ」

「ほう」

アーシュはこの話に興味を持ったようだった。

「お前はそのことについてどう思う？」

「そのこととは？」

ラナンが振り返るのと同時に、好奇心に満ちた顔のリクはアーシュの腕から飛び下り、子守りの男と城の奥へと冒険に行ってしまった。

「そうだ。貿易の主軸が海へと移って、ザラ王国が衰退したことについてどう思う？」

「ザラ王国の衰退ですか……」

確かに、昔はよかったと祖父はことあるごとに言っていた。

ザラ王国の経済力は一気に衰退したわけではない、百年ほどかけて緩やかに衰退したのだ。

「仕方のないことだったと思います。砂漠を何カ月も渡って貿易するより、船で数週間移動しただけで、一つのキャラバンよりも何十倍もたくさんの品物を運搬できる海上貿易は、人類の進化の一つだと思います。これまで人類は様々な文明や文化を受け入れ、衰退しては発展してきました。その陰で苦しみ、困窮する人も出てくるのでしょうが、何千年も前から人類はこうやって発展してきたのです」

「キャラバンを使った貿易が衰退した国で、貧困に苦しむ人々を、どうすれば救えるとお前は考える？」

　さらに考察が必要な質問を振られて、ラナンは顎に手を当てて考え込んだ。

「そうですね、そのことについては簡単に答えは出せません。ですがザラ王国についていえば、交易の代わりに今度は観光に力を入れてもいいのかな、と思いました」

「観光に？」

「はい。近隣国の富裕層を相手に、今回のような豪華なキャラバンを組んで、砂漠を短期間渡る企画を立てるんです。そうして『黄金の砂漠交易時代』の名残を楽しんでいただければ……と。ザラ王国は貧しい国ですが、東の文化と西の文化が混在した珍しい建造物も多数ありますし、国民性は人懐こくていい人ばかりです。それに異文化を受け入れてきたおかげで、独自に発展した食べ物がとても美味しい国ですし……美味しい料理を食べて、数日滞在してもらうだけでも、経済はだいぶ潤うのではないかと」

　自身の考えを口にし終えてアーシュを見上げると、彼は真剣な眼差しでこちらを見ていた。海と同じ青い瞳で。

「どうかされましたか？」

（考察に耽《ふけ》ったばかりに、何か失礼なことでも言ってしまっただろうか？）

　内心びくびくしていたラナンにアーシュは微笑んだ。すると二人の間を、爽やかな海風が吹き抜けていく。

互いの長衣がふわりと揺れて、精悍な顔に似合うアーシュのクーフィーヤも、大きく煽られた。美しい月色の髪が見える。

「――お前は知的だな」

「知的……ですか？」

「あぁ、出会った時から感じていた。お前には娼館に似合わない品位があると思った。最初は可憐《かれん》さと美しさがそう思わせたのだと感じたが、どうやら違うらしい」

「違うとは？」

「コンコールに対して熱心に学んだり、行く先々で好奇心に溢《あふ》れた表情を見せたり……たかが子どもの童話なのに、文学的背景がしっかりと考察できている。今後のザラ王国に対する経済的な持論を語ることができる先見の明もある。ラナンは本当に一般市民なのか？どこか大学を出ているのでは？」

どきりとしながら、ラナンは横に首を振った。

「いいえ……アーシュ様にお褒めいただくものなど、僕は何も持っていません。ただ、小さい頃から好奇心だけはあって、幸い祖父が読書家だったものですから。家に本がたくさんあって……物語に対する考察の仕方も、祖父から教わりました。大学には行っていません」

　そう、本当ならば——家が取り潰しなどにならなければ——大学へ進学したかった。その先の大学院にも進んで、心ゆくまで大好きな考古学に触れていたかった……今では夢のまた夢だが。

「では、今の賢いラナンがいるのは、お祖父《じい》様のおかげということだな」

「そうですね……祖父は僕に多大な影響を与えてくれました」

「良い話だ。俺は生まれた時にすでに祖父は亡くなっていた。だから国の王というものは父しか知らない。父の背中しか知らないんだ」

　ほんの少しアーシュの瞳が揺れた気がした。

　強くて、逞しくて。明るくて頭の切れる完璧《かんぺき》な彼でも、不安や悩みはあるのだろう。ひと月以上もともにいて、なんとなくラナンはわかるようになっていた。彼は、無自覚な寂しがり屋なのではないかと——。

「僕のような者が、こんなことを言うのはおこがましいかもしれませんが。アーシュ様はアーシュ様が正しいと思う国王様になられれば、よろしいのではないかと」

「……ラナン？」

「僕はこのひと月半、アーシュ様のおそばにおりましたが、きっとアーシュ様が国王様になられたら、ランディーナ王国はもっと明るくて楽しい国になりそうで……それはそれでよろしいいんじゃないでしょうか？」

ははっとアーシュは笑うと、何かから解き放たれたようにクーフィーヤを取った。月色の髪を海風が撫でていく。

「そのようなことを言われたのは、生まれて初めてだ」

「えっ？」

アーシュは、少年のようなあどけない笑顔をこちらに向けた。

「俺は幼い頃から、父のようになれと教えられてきた。継承権第二位の弟も同様だ。我ら兄弟は強き父と対等か、もしくはそれ以上の王になるよう求められてきたんだ」

地平線を見据えながら、アーシュは思い出を語り出した。

「帝王学から軍事学、乗馬術に人心掌握術、剣術や武術……それ以外にも経済学や経営学、考古学や語学も。物心ついた頃から厳しく叩き込まれてきた」

「物心がつく頃なんて……一番遊びたい盛りじゃないですか」

「そうだな。だから家庭教師の講義中は、ずっと足がむずむずしていた。庭で走り回って、臣下の子どもたちと遊びたくてな。とてもじゃないが講義に集中できなかった。すると両の手のひらを鞭《むち》で叩かれるんだ。それが嫌で仕方なく講義を受けてきた」

「そんな……」

　痛々しいアーシュの過去に、ラナンの眉は自然と寄った。

「今思うと酷だよなぁ。リクぐらいの年の頃に、鞭で叩かれながら高度な学問や術を教え込まれて、狩りにまで連れていかれた。森に住む鳥や兎《うさぎ》を矢で射るんだ」

「狩り……ですか？」

「あぁ。太古の昔は、帝王となる者は人命も奪うことができないと、最強の帝王にはなれないとされていた。でもそれも姿を変え、動物を殺す狩りに変わったんだ。遊戯の一つとしてな」

「遊戯の一つ……」

「動物が好きで、心優しかったダーシャには辛いことだったと思う。こういうことが積もり積もって、ダーシャは耐えられなくなって城を出たんだろう」

「そうだったんですか」

「狩りなどと酷な話をされて、気分を害したか？」

「いいえ」

　切なそうにアーシュに問われ、左右に頭を振った。

　帝王学を学ぶために動物の命を奪ってきた彼に、「悔やまなくていいよ」と伝えたかった。しかし気の利いた言葉など見つからず、つい考古学の話にすり替えてしまう。

「今でも大陸の中央部に行くと、たくさん人骨が出てくるそうです。その人骨にはみな首がなく、斬首されたと推測できると。けれど記録によると、斬首されたのは重罪人ばかりで、決して一般人が犠牲になった形跡はないと……」

「よく知っているな」

「大陸記の第八巻に書かれていました。『帝王学の基礎と成り立ち』という章です」

「ほう」

嬉しそうに目を細めたアーシュに、ふいに肩を抱かれた。そして端整な顔が近づいてきたので、また親愛のキスをされるのかな……と目を閉じた時だ。

「お話し中大変申し訳ないのですが、ハマムの準備ができております。ぜひ長旅の汗と汚れをお流しくださいませ」

サラーンの咳払《せきばら》いが背後から聞こえて、アーシュは舌打ちしながら彼を睨んだ。

「あ、あの……ハマムとは、お風呂のことですか？」

アーシュの舌打ちなど気にもならなかったラナンは、サラーンの言葉に興味を強く惹《ひ》かれる。

「なんだ？　ザラ王国にはハマムがないのか？」

不思議そうに二人に見つめられ、ラナンは頷いた。

「はい。大衆浴場はありますが、『至高の温泉』と呼ばれるハマムは、国の衰退とともに消えてしまって。話では何度も聞いたことはありますが、ハマムに入ったことは一度もありません」

「そうか！　ではいい機会だ。一緒にハマムへ入ろう！　ラナン！」

「えぇぇっ！」

突然瞳を輝かせたアーシュの提案に、サラーンが釘《くぎ》を刺した。

「たとえ義弟のラナン様でも、王子専用のハマムへお通しすることはできません」

「なぜだ？」

頬を膨らませ、子どものように不服顔をしたアーシュに、サラーンはため息をついた。

「ラナン様は男ではありますが、オメガ性でございます。アルファ性のアーシュ様ともし万が一、何か起これば……」

「その時は、俺がすべて責任を取ろう」

話が終わる前に、当然だといわんばかりにアーシュは口にした。

この言葉に胸がきゅんと捻《ね》じれるような感覚を味わったが、これがなんなのか、ラナンにはよくわからなかった。味わったことのない感覚だったからだ。

その間に、サラーンに引き摺《ず》られるようにして、アーシュは城の奥へ連れていかれてしまう。

「行ってらっしゃいませ」

文句を言い続けるアーシュに手を振ると、青年に声をかけられた。

「それでは、ラナン様。お部屋と専用のハマムへご案内いたします」

優しい声に振り向くと、子守り兼ラナンの従者であるトウマが、リクを抱えて笑顔で立っていた。

「ありがとうございます、トウマ」

トウマは、フェネックという動物によく似た愛らしい顔立ちをした青年で、王立学校で保育学を学んだあと、王族専用の子守りになったそうだ。

歳はラナンより五つも上なのだが、少年のように可憐なので、ついつい年上だということを忘れてしまう。

自分より背の低いトウマに連れられて、ラナンとリクは広い王宮の奥へ進んだ。

大理石の床は曇りひとつなく磨かれていて、藍《あい》を基調としたモザイクタイルの壁には、美しい金細工が施されている。

（すごい……）

　ラナンは周囲を見渡し、感嘆のため息をついた。

　自国の張りぼての城とは違い、天井の高いドーム型の城は、太い柱に支えられた堅固な造りで、王が住むにふさわしい豪華さと気品に満ちていた。

　廊下に設けられた掃き出し窓からはたっぷり光が差し込み、ところどころに嵌め込まれた鏡に反射して、その輝きを増している。

　波の音が聞こえる海側からは爽やかな風が常に吹き込み、砂漠での暑さをすっかり忘れさせた。

「リク様とラナン様がご到着されました。扉を開けなさい」

「はい」

　しばらく行くと、ひと際装飾が施された部屋へ出た。

　そしてハレムへ続く渡り廊下の前に儀仗兵がいて、薔薇《ばら》の模様が彫られた豪奢《ごうしゃ》な扉が、ゆっくりと開けられていく。

　ハレムには王と十二歳になるまでの王子、また一番身近な臣下しか出入りできないと、トウマから説明を受けた。

　またオメガ性以外の者も、出入りを厳しく管理されるとも。

　同じオメガ性同士では子どもはできないので、ハレム内ではオメガ性しか働いていないということだった。

このことにラナンは大きく頷いた。

ちなみにトウマはオメガ性で、将来王子になるかもしれないリクの子守りなので、ハレムへの出入りは自由だ。

幾何学模様ばかりだった王宮内とは異なり、ハレム内の壁には可愛らしい花や鳥、空や雲といった自然が描かれていて、ほっと心が和む。

好奇心に勝てなくなったのか、リクは飛び出すようにトウマの腕から下りると、廊下の曲がり角まで一気に走っていった。

「おかーさんっ！　すごいよ！　広いお庭が見える！　おっきな噴水もあるよーっ」

頬を上気させて興奮気味のリクに、ラナンもトウマも自然と笑みが零れた。好奇心旺盛《おうせい》な彼は、すでにハレムに馴染もうとしているのか？

「リク様はとても快活で、賢いお方ですね」

「えっ？」

トウマの言葉に振り向くと、隣を歩く彼はにっこりと微笑んだ。

「きっとラナン様が聡明《そうめい》で、おおらかに愛情を注がれたからこそ、リク様はのびのびと、そして賢くお育ちになったのでしょう」

将来が楽しみですね。そう言って再び微笑んだ彼に、素直な笑みを返すことができなかった。

なぜならリクは、妹の子だ。

父親はリクの肌の色や髪の色、瞳の色とイエローダイヤモンドが嵌め込まれた指輪から、間違いなくアーシュの弟、ダーシャだろう。何よりリクの顔立ちは、アーシュとそっくりだ。妹のカリナの血も入っているはずなのに、彼女の面影は薄く、ランディアーナ王族の血が濃く出ていた。

それなのに……と、ラナンは思った。

自分は偽りの母親なのに、聡明で好奇心旺盛なリクの性格を褒められても、喜ぶことはできなかった。

きっと彼の聡明さはじつの父親から、そして好奇心旺盛なところは実母のカリナから、譲り受けたのだろう。

「さぁ、こちらがリク様とラナン様のお部屋になります」

「わぁ……」

両開きの扉が開かれた瞬間、その美しさに息を呑んだ。

大きな窓からは陽の光がたっぷりと注ぎ込み、真下に海が見えた。

白い壁と白い家具には百合や野薔薇など、自然の花々が金細工で優美に描かれている。

そして何より驚いたのは、部屋の中央に置かれた天蓋《てんがい》付きベッドが、とても立派だったことだ。

ラナンだってもとは貴族の出だ。それなりに広く、快適な部屋でぬくぬくと育った。

しかしこの部屋は、今は無き実家の部屋の数倍は広くて立派だった。

特に天蓋付きのベッドは珍しい円形をしており、大人が五人は眠れそうなほど大きく、リクとラナンだけで眠るには少し寂しそうだ。

しかし、この部屋の象徴のように鎮座するベッドを見て、ラナンは「あぁ……」と納得した。そうか……と。

ハレムとは王妃や側室が子を産み、育てる場所ではあるが、一番大切なのは子をなすべきところだということだ。

（ほんとに、僕には縁遠い部屋だな）

これまで大好きな読書や考古学に打ち込み、結婚すら考えたことのなかったラナンは、ある日突然母親になったのだ。処女のまま子を授かったといっていい。

そんな自分がハレムに……しかも自国ではない大国の後宮にいるなど、今でも実感が湧かなかった。

　無邪気なリクは早速部屋の中を探検し始め、ほどほどの高さがあるベッドによじ登った。すると、一瞬にして大きな青い瞳が宝石のように輝き始めた。

「おかーさん！　すごい！　このベッド、お空の雲みたいにふわふわだよ！　それにすべすべでつるつるで、気持ちいい～」

　きっとすべすべでつるつるなのは、敷布も掛布もシルクでできているからだろう。

　靴と靴下をトウマに脱がしてもらうと、リクは四つん這《ば》いで枕《まくら》のもとまで行き、嬉しそうに顔を埋めた。

　最初のうちは積まれた大きな枕を面白がっていたリクだが、次第にはしゃぐ声は小さくなっていき、気がついたらスヤスヤと眠っていた。

「まったく、うちのやんちゃ坊主は」

　堪え切れない苦笑とともにベッドに近づき、一瞬にして夢の世界へ行ってしまった可愛いリクの頭を撫でた。

　するとトウマが数人の従者を連れ、ラナンに耳打ちをした。

「ラナン様。リク様がお休みの間に、ゆっくりとハマムをご堪能《たんのう》ください。お着替えや身の回りのお世話をさせていただく者も、連れてまいりましたので」

　この言葉に、トウマの後ろに控えていた三人の従者が膝を折った。それに深々と頭を下げて、ラナンはトウマの言葉に甘えることにした。

久しぶりの風呂だ。

しかも王城内のハマムともなれば、最上級のものだろう。

そう考えただけで心は躍るのに、ラナンは深いため息をついた。

(そろそろ、発情期が来るなぁ……)

旅の間も発情期は来るはずだったが、緊張と慣れないキャラバン生活だったせいか、先月は来なかった。

発情期というのはとても繊細なもので、環境の変化やストレスで来ないことも多い。よってラナンは、憂鬱《ゆううつ》な気持ちとは裏腹に楽観的なところもあった。

ここまで住む環境が変わったのだ。

しかも旅の疲れもある。

(きっと今月も来ないな。うん)

勝手にそう思い込むと、自分より年若い従者に連れられ、心地よい香油が漂うハマムで、心も身体も蕩ける ほど癒《いや》されたのだった。

「おいしーっ！」

「こら、リク！　お食事中に大声を上げるなんてはしたないよ」

「いいじゃないか、まだ子どもだ。食事ぐらい自由にさせてやれ」

「でも……」

ハレム内にある食堂室で、アーシュは葡萄酒《ぶどう》を片手に笑った。

しかし、リクをちゃんとしつけなければ……と子育てに必死なラナンは、ほうれん草とラム肉の煮込みが気に入ったらしいリクを、母親として窘《たしな》めた。

「ほら、おかずばかりじゃなくてパンも食べなさい。ほかほかでふわふわで美味しいよ」

「はーい」

ラナンがちぎって渡すと、リクは香ばしい香りがするパンを頬いっぱいに詰め込んだ。

「おいひ〜っ！」

「よかったね」

緑色に染まったリクの口元を拭ってやってから、ラナンも食事に手をつけた。

キャラバンでの旅中でも美味しい食事が振る舞われたが、王宮で取る食事はその何十倍も美味だった。

きっと国内随一の料理人が、腕を振るっているのだろう。

味つけも絶妙で、料理作りに関心のあるラナンは、一体どんな香辛料や食材を使っているのだろうと、必死に分析しながら食べてしまった。そんなラナンの様子に、アーシュがわざわざ料理長を呼んで、調理法を説明させたほどだ。

もともと勉強熱心なラナンは料理長の話をしっかりと書き取り、今度調理室を借りて料理を教えてもらう約束までした。

そしてデザートである、イチジクのパイが出てきた時だ。

「？」

ラナンは一口食べて、首を捻った。

（あれ？）

なぜならばそのパイは――。

「おい、ラナン」

ふいに呼ばれて、顔を上げた。

「はい、なんでしょう？」

目の前に広げられた食事が片されていく中、葡萄酒を二瓶空けてもけろりとしているアーシュは、酒に強いのだろう。旅中も水のように酒を飲んでいた、

「このあと、コンコールをやらないか？」

笑顔で誘われ、微笑み返した。

「いいですね」

デザート用のフォークを置いた時、アーシュがまったくパイに手をつけていないことに気づいた。

（アーシュ様は、お菓子がお嫌いなのかな？）

菓子職人として少し悲しい気持ちになったが、好みは人それぞれだ。

それに、向かいに座るリクもパイを半分残して、すでに眠たそうに目を擦っている。昼寝をしたとはいえ、旅の疲れはなかなか取れないのだろう。

本当はラナンも疲れていたのだが、妙に身体が火照って目が冴《さ》えていた。

疲れすぎると逆に眠れなくなる質《たち》なので、そのせいで身体が火照っているのだろう。

リクはとうとう堪えられなくなったのか、パイに顔を突っ込みそうな勢いで船をこぎ出した。

「あっ！」

反射的に立ち上がり、ベッドへ連れていかねばと思ったが、リクの脇からすっと腕が伸びてきて、トウマが彼を抱き上げた。

「ラナン様、リク様のことは私にお任せください」

「ですが……」

キャラバンにはトウマもいたので、彼にリクのことをお願いするのも慣れていた。しかしこれまで寝かしつけは毎晩自分がやってきたので、不安からつい躊躇ってしまう。

「大丈夫だ、ラナン。リクはトウマによく懐いているし、ラナンも少しは母親を休んだ方がいい。疲れているだろう？」

「はぁ……」

労《いた》わるアーシュの言葉に逡巡《しゅんじゅん》した。

確かに、これからリクは王子としての教育を受けるのだ。

その際に、自分がべったりくっついて面倒を見るよりも、王子を育てるために教育されたトウマの方が、勝手がわかっている。今後のリクにとって、トウマの支えは必要なのだ。

「わかりました。では、リクのことをお願いします」

「かしこまりました」

微笑んだ彼に頭を下げると、トウマはリクを抱えたまま膝を折り、食事室から出ていった。

その後ろ姿を見送りながら、とてつもない寂しさを味わったが、王子の母親になるというのはこういうことなのだと、改めて実感した。

自分の子どもなのに、リクはもう自分だけの息子ではなく、ランディアーナ王族の……いや、ランディーナ王国のために生きる人間になったのだ。

「胸が痛むか？」

青い瞳に見つめられ、ラナンは素直に胸の内を打ち明ける。

「はい。でもリクはこれからランディーナ国民のために生きる人間となるのです。だからこの痛みは、母として必要なのだと思います」

「お前は強いな」

「そうでしょうか？」

「あぁ。今は亡き俺の母も、民間の出でな。子守りに俺を預けるのが辛いと言って、毎日泣いていたらしい。ハレムに入った時点でそんなことは覚悟していたはずなのに、いざ現実となると身を引き裂かれる思いだった……と」

「アーシュ様のお母様の気持ちは、よくわかります。ですが、リクは三歳です。そろそろ僕の手を離れてもいいでしょう。寝かしつけだけは、ずっと僕がしたかったんですが……」

「よし、わかった。ではリクの寝かしつけだけは、ラナンの大事な時間としよう。特別なことがない限り、寝入るまでたっぷりと愛情を注ぐといい」

「はい、ありがとうございます」

「でも、今夜は俺とコンコールをしよう。義弟を独占する権利は俺にだってある」

「かしこまりました」

どこか子どもっぽい物言いに、思わず笑ってしまった。

するとアーシュはグラスに残っていた葡萄酒を一気に飲み干し、ラナンの手を取って立ち上がった。

「今宵《こよい》は気候がいいな。庭のキオスクでコンコールをしよう」

「キオスク……ですか？」

「キオスクを知らないのか？」

「いえ、本で読んだことがあります。確か、東屋《あずまや》のことですよね」

「そうだ。ザラ王国では、東屋をキオスクとはいわなかったのか？」

「ザラ王国は夜も砂が舞うので。お庭でのんびりする文化が根付かなかったんです」

「なるほど。確かにザラ王国は城郭も低かったからな」

まるで宝物でも扱うかのように優しく手を取られ、二人は爽やかな夜風が髪を撫ぜる庭へと出た。

「あっ、なんだかいい香りがします」

「夜にしか咲かないビジューという名の花があってな。これはその香りだ」

「とても素敵な香りですね。甘くて瑞々《みずみず》しくて、優しい香りです」

目を閉じて深呼吸していると、アーシュは目の前の花壇に植えられた花を手折った。その花は月下美人を小振りにしたようなあでやかさを持ち、一目で美しいと思った。

「よく似合うぞ」

手折った花をラナンのこめかみに差すと、眩《まぶ》しいものでも見つめるように、アーシュは目を細めた。

「あ……ありがとうございます」

甘い香りがより身近に漂ってきて、アーシュの賛辞も相まってか、ラナンの頬は熱くなった。

「今宵は月が明るいな」

「満月ですからね」

「それもそうだな」

他愛《たわい》もない話をしながら、美しく整えられた庭を歩いた。

ここには大きくて清い水が湧き出る池があり、これが源流となって、街の噴水へ繋がっているそうだ。

月を映す水面が水草と一緒に揺れる小川を横目に、大きな屋根のキオスクに入る。

「わぁ！　東屋といっても、こんなに立派なんですね！」

床と柱と大きなテーブルは大理石で作られ、何十人も座れそうなソファーが配置された
キオスクは、モザイク模様のランプで彩られて、宴会も開けそうな空間だった。

「ランディーナではいかに夜空の下で遊べるか、という考えがあるからな。城下にも明け方まで開いている店がたくさんある」

「これだけ夜風が心地よかったら、確かに夜遊びしてしまいそうですね」

「だろう？」

口角を上げたアーシュもきっと夜遊びが好きなのだろう。これは勘でしかなかったが、広い彼の背中からは、どこか遊び慣れた雰囲気がした。

促されるままソファーの中央に座ると、待機していたかのように従者が酒とつまみとコンコールを運んできた。

そしてアーシュが人払いをすると、虫の音と風がそよぐ静かなさざめきしか聞こえなくなる。

「素敵な夜ですね……」

ほうっとため息をつき、澄んだ夜空を眺めた。

するると、これまでの疲れや緊張が一気に解《ほぐ》れ、心がすっと楽になった。そうなると気持ちも少し大きくなり、せっかくだからと小さなグラスに入った酒に口をつける。

「あ……美味しい」

薄い桃色をしたそれはとろりと甘く、ラナンの喉を心地よく滑り落ちていった。酒にはあまり強くないが、これならばするすると飲めてしまいそうだ。

そう思い、もう一口酒を含むと、隣に座るアーシュに髪を撫でられた。驚いてラナンは目を瞬《しばたた》かせる。

「一体、どうなさったんですか？」

「いや、お前を見ていると本当に美味しそうでな」

「美味しそう……ですか？」

言われた意味がよくわからなくて訊き返すと、再び髪を梳《す》くように頭を撫でられた。

「あぁ、上質なチョコレート色の髪をしていて、輝く瞳はキャラメル色だ。肌の色は泡立てたクリームのようにきめ細かく、白く、唇の赤さはサクランボを彷彿とさせる」

「はぁ……」

まるで自分をケーキのように例えられ、ラナンは返答に困ってしまった。

（こういう時は「ありがとうございます」って言えばいいのかな？）

首を捻って考えていると、いつの間にか二人の距離は縮まっていて、これまで見たこともないほど熱い眼差しを向けられていた。

「あの……アーシュ様？」

静かな夜の帳《とばり》の中。モザイクランプの光が、整った彼の顔に陰影を落とす。

（かっこいい人は、顔にできる影すらかっこいいんだな……）

そんなことを考えながら、ぼうっと精悍なアーシュの顔に見惚《みと》れていた時だ。

（あ、あれ……？）

昼間感じた身体の火照りが、再びラナンを襲った。

（なんだろう？　もう酔っぱらっちゃったのかな？）

手のひらを頬に当てると熱が出たように熱く、ずくずくとした疼《うず》きが内側から湧き出てきた。すると次第に呼吸も荒くなり、肌がぴりりっと敏感になる。

（しまった！　今日は満月だ！）

自らの身体を抱き締めながら、ラナンは熱に潤んだ瞳で月を見た。

発情期が来たのだ。

すっかり油断していた。

ラナンは、ここのところ疲れていたし、環境も大きく変わったので、精神的な影響で今月も発情期は来ないと思い込んでいた。

しかし、いつも気にかけているリクには優秀な子守りがつき、久しぶりに酒に手をつけ、一時とはいえ緊張が解れたせいか、精神的な緩みからきっと発情期が来たのだろう。

「……やはりな」

「や……はりとは……？」

心配そうに眉を寄せ、顔を覗き込んできたアーシュに問うた。

「さっき、一瞬にしてお前の香りが変わったんだ。清楚《せいそ》なビジューのような香りから、咲き誇る百合のように……強くて、アルファ性を惑わす香りに」

「す、すみません……疲れていたこともあり、今月も発情期は来ないと思い込んでいました」

よろりと立ち上がると、ラナンは今すぐアルファ性であるアーシュから離れなければ……と思った。好き嫌いを抜きにして、発情したオメガ性を前にすると、アルファ性は発情してしまうからだ。

「大丈夫か？」

「はい」

「部屋に戻るなら、手を貸そう」

「いえ、本当に……大丈夫です」

二カ月ぶりの発情期は普段とは違い、かなり症状が重かった。目の前はぐるぐると回り、平衡感覚が危うい。その上、肌がしっとりと汗ばむほどに身体が熱く、分泌された汗が甘く香るのが自分でもわかった。

「はぁ……はぁ……」

吐息とも聞こえる呼吸を繰り返しながら、力の入らない膝でキオスクから出た。

「あっ！」

その時、石に躓《つまず》いてラナンは前のめりに倒れ込んだ。

眼前を流れる小川に自分の顔が映り込み、嫌悪するほど情欲の浮かんだ顔をしているのが見えた。

(早く……ここから離れなくちゃ……)

そう思うのに火照った身体には力が入らず、腰が抜けたように立ち上がることができない。それでもなんとか足に力を入れ、隣に植えてあった木に摑まった。

「……くそっ」

すると突然、背後からアーシュの怒ったような声がして、本当に自分は不甲斐ない人間だと泣き出したくなった。こんな情けない義弟の姿を見て、アーシュはきっとイラついているだろう。

　しかし背後から脇に腕を通すと、彼はラナンを軽々と抱え上げてしまう。

「うわっ」

　驚いて逞しい首に摑まると、彼の低い声が耳元で聞こえた。

「こんなにも色っぽいお前を、アルファ性がうようよいる屋内に戻らせるわけにはいかないな」

　確かに、ハレムへの出入りは厳しく管理されていて、入り口は城内からの渡り廊下しかない。

「すみません……本当にすみません……」

　オメガ性としての自覚の足りなさを責められた気がして、じわりと眦《まなじり》に涙が浮かぶ。

　再び「くそっ」と悪態が聞こえて、発情した上にメソメソしている自分は完全に呆れられて、嫌われたな……と胸がズキンと痛んだ。

　けれども彼から発せられた次の言葉に、ラナンは大きく目を見開いた。

「お前は無防備すぎるんだ！　その上こんなに美しくて可憐で。聡明で健気《けなげ》で。惚《ほ》れるなという方が無理だろう！」

「えっ⁉」

突然の賛辞と告白に、ラナンは聞き違えをしたのかと思った。

けれどもアーシュは再びキオスクに戻ると、身体を火照らせているラナンを広いソファーの上に寝かせた。

「これから、お前を抱く」

「……は？」

混乱で展開についていけないラナンを他所《よそ》に、アーシュは細い両手首をソファーに押さえつけると、噛みつくように唇を奪ってきた。

「んん～っ！」

驚いたラナンは足をばたつかせたが、両足の間に太くて逞しいアーシュの右足が入り込み、身動きがまったく取れない。

この国の人は、親愛の情をキスで表すと習ったので、これまでだって数えきれないくらいアーシュと唇を触れ合わせてきた。

けれどもこんなふうに口腔《こうこう》深くまで舌を差し入れられ、口蓋《こうがい》をくすぐられ、舌を絡め取られる情熱的なキスは初めてだった。

「は……っ、ま……待って、アーシュ様」

唇を解放されて息を継ぎながら訴えると、怖いぐらい真剣な眼差しで見つめられた。

「これまでお前の気持ちを大事にして、何もしてこなかったが……もう限界だ」

「僕の、気持ち？」

「そうだ。今でも我が弟を愛しているのだろう？」

「ダーシャ様を？」

「あぁ。お前は盗賊に襲われた晩、ゲルの中で言ったではないか。自分はダーシャの妻だと。籍を入れていないが、今でも心はダーシャのものだと」

「……あっ」

確かに、天国にいるリクの実父に義理を立て、そんなことを言った気がする。

「だから俺は旅の間中ずっと我慢していたんだ。だけどもう限界だ。愛しいオメガ性が発情している姿を見て、理性の利くアルファ性なんていない」

「ちょ……アーシュ様っ！」

首筋に唇を落とされて、ラナンはさらに抵抗した。

しかし、その理由は嫌悪からではなかった。むしろ、今すぐアーシュに抱いてもらいたいという、浅はかな羞恥《しゅうち》から抵抗してしまったのだ。

これまで発情期を迎えても、誰かに抱いてほしいなんて考えたこともなかったのに、今はアーシュが欲しくて欲しくて仕方がない。

彼を求めて、体内深くの子宮が疼いた。

けれども、自分はリクの母親であり、ダーシャの妻ということになっている。

それなのにここでダーシャの兄であるアーシュに抱かれるのは、倫理的に許されない。

ラナンが育ったザラ王国では、未亡人は慎ましやかに生き、生涯亡くなった夫以外と添い遂げてはいけないという考えがあった。その考えから外れれば、身持ちの緩い者として、淫売《いんばい》だの色情狂だのと罵《ののし》られる。

しかも相手は偽りとはいえ、義兄のアーシュだ。弟が亡くなったから今度は兄に手を出すのかと、周囲から非難されるのは目に見えていた。

なおも抵抗を続け、ラナンは一瞬の隙をついてアーシュの下から抜け出した。

(どんなにアーシュ様が欲しくても、やっぱりこんなことはいけない！)

禁忌に怯《おび》え、逃げ出そうとしたラナンの帯を大きな手が摑んだ。

「やっ！」

帯が解け、引っ張られた勢いで、再びアーシュの腕の中に引き戻されてしまう。

「もう、逃がさない。愛している、ラナン」

「アーシュ様……」

愛しているとはっきり口にされ、まつ毛を震わせながら瞼を閉じた。

もうだめだ……と。

自分もずっと、強くて格好良くて、自分にはない知識やおおらかさを持った彼に惹かれていた。けれどもこれまで恋をしたことがなかったゆえに、この感情になかなか気づくことができなかった。

（あぁ……これが『恋』なんだ……）

胸がきゅんと捩《よじ》れるような想いも。

切なくなるほどのときめきも。

全身で欲しいと求めるこの渇望も。

すべてが彼への愛しさが理由なのだと気づいたら、心がすーっと楽になった。

「本当に……こんな僕でよろしいんですか？」

ゆっくりと目を開け、揺れる眼差しをアーシュに送った。

「こんな僕などと言うな。俺はお前のすべてに惹かれたんだ。お前がいい。いや、お前でなければだめなんだ」

微笑みながら額に口づけられて、なぜか涙が溢れた。

きっと愛しい人と同じ想いになれたことに、感動したのだ。

しかし、ラナンを実弟の妻だと思い込んでいるアーシュは、やはり複雑な思いを抱えているらしく、涙を拭ってくれながらも、表情は晴れやかなものではなかった。

「俺がお前を愛することで、辛い思いをさせるかもしれない。周囲から嫉妬されたり、心ない者から嫌がらせをされたりするかもしれない。でも、俺が必ずお前もリクも守る」

自分にも言い聞かせるように、アーシュは言葉を一つ一つ噛み締めながら口にした。

「大丈夫です。アーシュ様のものになると決めたからには、どんなことにも耐えてみせます」

「ラナン……」

切なげに眉を寄せたアーシュに再び口づけられ、今度は素直に腕を回した。

広い彼の背中は熱く、自分に欲情してくれているのだとわかった。こんなふうに誰かに求められたことはないが、アーシュにならば安心して身体を任せていいと思う。

そう考えていると、再びソファーに押し倒され、長衣の釦《ボタン》を性急に外された。

「えっ！　ちょっと、アーシュ様⁉」

ラナンが驚いて彼の肩を押すと、拗《す》ねたように見つめられた。

「ここまできて抱かせてくれぬとは、ずいぶんいけずだな」

「い……いいえ、そういうことでは……」

「じゃあ、どうした？」

「あの……ここでなさるおつもりですか？」

「そうだが、何か問題でも？」

「問題は大ありだと思うのですが……」

二人の間に沈黙が流れた。

虫の音だけが静かに響き渡る。

「一体何が問題なんだ？」

「だって、ここは屋外ですよ？　なのに……」

身体を繋げようなんて、恥ずかしいことこの上ない。

そんなラナンの気持ちを察したのか、アーシュはふっと微笑んだ。

「言っただろう？　ランディーナ国民は、いかに夜空の下で遊べるかを常に考えていると。だから夜空の下で愛を確かめ合うことも珍しくない」

「そんなっ！　あぁっ……」

すでに昂《たかぶ》っていた股間《こかん》を右膝で押し上げられて、思わず高い声が出た。

驚いて口元を押さえると、アーシュは嬉しそうに口角を上げ、さらにラナンを啼《な》かせようと長衣を捲り上げる。

「や、本当に……こんなところではいけません！」

羞恥からさらに抵抗を続けたが、体格が立派なアーシュは、駄々を捏《こ》ねる子どもを宥めるかのようにラナンをあしらい、下衣を下着ごと脱がせた。

「ひゃ……っ」

熱くなっていた自身と尻《しり》が夜風に晒《さら》されて、ラナンはびくっと身体を跳ねさせた。

下衣を下ろされた時に一緒に脱げてしまった靴が、大理石の床に転がっているのが見える。

両脇に深い切れ込みの入った長衣を着ていたラナンは、両足の間だけ隠れ、己の太腿《ふともも》が露《あら》わになった卑猥《ひわい》な姿に、さらに熱が上がった。

「たまらない眺めだな」

クーフィーヤを脱ぎ捨てると、彼の髪がふわっと夜風に舞った。

その美しさに見惚れていると、両膝を摑まれて大きく脚を開かされた。

「やだ……っ！」

発情期で火照った身体はアーシュを強く求めているのに、まだ理性が本能より勝っていた。

しかし、ラナンは知っている。

これから自分の身体が欲情に蕩けていくのを。

怖いぐらいに快感だけを求め続け、精が果てるまでこの熱から解放されないことを。

「ん……んん……」

白い太腿の内側を撫でられて、唇を噛んだ。

薄い茂みに触れられて、羞恥から顔を覆う。

「初心《うぶ》だな。まるで処女のようだ」

「えっ……？」

悔しそうな笑みを浮かべたアーシュの思考は、すぐに読み取れた。自分は仮にも人妻であったのに、こういう行為に慣れていないことを不思議に思ったのだろう。

(ここで初めてだと知られたら、リクの母親でないことがばれちゃう！)

ラナンは顔から火が噴きそうなほど恥ずかしいのを我慢し、顔から手をどけた。そして性交に馴れている自分を演じるべく、アーシュの首に抱きついた。

「き……気持ちよく……してください」

どんな言葉を言えば手練《てだれ》と思われるのかわからない。だから、以前読んだ恋愛小説に書かれていた台詞《せりふ》を口にしてみた。

「よかろう、その期待に全力で応えてやる」

アーシュはラナンの唇を塞ぐと、その勢いで押し倒してきた。

しかし力加減は優しく、頭をぶつけないように、後頭部に手を添えられる。

（もしかして僕、すっごく大事にされてる？）

甘く舌を吸われながら思った時だ。

外されていた長衣の中に温かい手が忍び込んできて、ぷつりと浮き上がった乳首を摘《つ》まれた。

「あ……ん」

初めて人から与えられた直接的な快感に、背中が撓《しな》った。

しかもラナンは、自分の乳首が敏感であることを知っている。毎月訪れる発情期の自慰の際は、陰茎だけでなく、乳首をいじるとたまらなく感じてしまうからだ。今では乳首と陰茎を同時にいじらないと、果てることができないほどだった。

「はぁ……ん、アーシュ……様……」

さらに硬さを増した乳首を指の腹で転がされ、下半身を疼かせる強い快感にいやいやと頭を振った。

「なんだ？　ここが好きなのか？」

「ち、違います……っ」

嬉しそうに問われて、思わず否定してしまう。

しかしそれすらもアーシュを悦《よろこ》ばせることになってしまい、胸元を大きく広げられると、両の乳首を同時に摘まれた。

「ひぅ……！」

びりびりっと突き抜けた甘い刺激に、さらに胸を突き出してしまう。

「ほら、たくさんいじってやるから思う存分感じるといい」

「いやぁ……アーシュ様、あぁ……」

貞淑なラナンが淫《みだ》らに乱れていくさまが、彼をさらに悦ばせてしまったのか。乳輪がぷっくりと膨れ上がり、赤く色づくまで乳首を弄《もてあそ》ばれた。

「あ……あぁ……」

すでに腹についていた自身からは、とろとろと白い蜜《みつ》が溢れていた。

眦からは悦楽の涙が零れ、口角からはだらしなく涎《よだれ》が垂れている。

それでもアーシュは愛おしそうにラナンを見つめてきた。

瞳の奥に、欲情という愛を滾《たぎ》らせながら。

「あぁ……アーシュ……さまぁ……」

全身は燃えそうなほどに熱く、ラナンは初めての経験に戸惑っていた。

これは発情期だからか？　それとも初めて恋した相手に抱かれているからか？

きっと相乗効果なのだろうとぼんやり思った時、些末《さまつ》な考えが一瞬にして霧散するような快感を与えられた。

「ひゃぁ！　い、いけません！　アーシュ様ぁっ！」

驚きと慄《おのの》きがラナンを襲った。

しかし、それ以上に大きな手に包まれた自身を緩やかに、でもしっかりと扱《しご》き上げられ、強烈な快感に声が抑えられなくなる。

「あ、あ、あ……あぁ……んっ！　やぁ……」

人から与えられる快感は、自ら慰める時より数十倍も気持ちよく、ラナンは腰を跳ね上げさせながら、アーシュの手技に翻弄《ほんろう》されていく。

「だめ、そこはだめぇ……」

ぐずるように口にしたが、いやらしく微笑んだアーシュはさらに亀頭を責め上げた。

溢れ出る精液を潤滑剤とし、くるくると先端を撫で回される。

それだけでもう吐精してしまいそうなのに、彼はもっとも敏感な尿道口も優しく抉《えぐ》ってきた。

「やぁ……」

勢いよく精液が飛び出して、アーシュの尊い手を汚していく。

しかしそのことにも気を配ることができず、ラナンはただ大きく息をつきながら、眦から零れ落ちた涙を必死に拭っていた。

「ごめん……なさい……」

「何がだ？」

呼吸がやっと整いアーシュを見ると、彼は下衣を緩めているところだった。

「その……お手を汚してしまって……」

「気にすることなどまったくない。むしろもっと汚してほしいぐらいだ」

微笑んだ彼の顔が愛情に蕩けていて、自分は愛されているのだと心の底から実感した。

それと同時に気になることが出てくる。

彼のハレムには、どれだけの側室がいるのだろう、と。

今日案内された部屋の周囲はとても静かで、多くの人の気配は感じなかった。

しかし、ハレムとは厚い壁で仕切られているのが通常だ。

なぜなら、王や王子が自分以外の側室と交わっている音を聞いて、必要以上にほかの側室が嫉妬心を燃やさないような造りになっている。

だから、訊かないことにしようと思った。側室が何人いるのか……なんて。なぜなら、知るよりも知らないでいることの方が、幸せなこともたくさんあるからだ。

（でも……）

好きな人だからこそ気になってしまうこの感情に、ラナンは戸惑った。

こんな時は、どうしたらいいのだろう？　と、恋愛に長《た》けた者に意見を求めたくなる。

「わぁっ！」

そんなことを悶々《もんもん》と考えていると、膝を摑まれて大きく脚を開かされた。そして胸につくように足を折り曲げられると、愛液で潤んだ蕾《つぼみ》が夜風に晒される。

「や……やだやだっ、アーシュ様！　恥ずかしいっ！」

まだ誰にも触れさせたことのない無垢な蕾は、彼の熱い眼差しを受けてヒクヒクとひくついていた。

それを感じた瞬間、全身が羞恥で燃え上がりそうになって、ラナンは両手で顔を隠した。

「じつに綺麗な色だ……」

「えっ……？」

うっとりと呟いたアーシュを、ラナンは指の隙間から覗いた。

「とても子どもを一人産んだ身体とは思えないな……まるで処女のようだ」

「ち、違います！　処女なんかじゃありません！」

自分がリクの実母ではないことがばれてしまうと思い、必要以上に強く否定してしまった。すると虚を突かれたのか、アーシュは笑いだし、下唇を食《は》むようにして口づけてきた。

「お前は本当に面白いな。お前のようなオメガ性がいると、閑散とした後宮も一気に賑やかになるだろう」

「閑散とした……後宮？」

さっきまで胸の奥でもやついていた言葉を耳にして、ラナンは青い瞳を見つめた。

「あぁ。ほかの国はどうか知らないが、『本当に愛するオメガ性が一人いればいい』という考えから、三代前の王の時代から、ランディーナ王国では側室を囲っていないんだ。だから後宮は王妃の住まいと子育ての場でしかない」

「そうなのですか」

「母上も亡くなり、俺とダーシャが成人してからは誰も使っていなかった。からっぽの鳥《とり》籠《かご》も同然だ」

「では、広い後宮には、今は僕とリクしか住んでいないということですね」

「そうだ。でもお前とこういう仲になったからには、明日から俺の住まいも後宮だな」

笑いながら口にしたアーシュは、ラナンの頰にキスをすると、自身の熱をぐっと蕾に押し当ててきた。

「……っ！」

ラナンはその熱に驚いたのと同時に、息を呑んだ。

アーシュのそれは、自分のものより遙《はる》かに太く、そして長かったからだ。

（どうしようっ！　こ、こんなに大きいの……初めてなのに入るかな）

表情に出さずとも、心の中で焦るラナンを察したのか。アーシュは困ったような笑みを浮かべた。

「安心しろ。いくら処女でなかったとしても、いきなり突っ込むようなひどいことはしない」

「で、ですが……あんっ」

人差し指で蕾を撫でられて、これまで以上に甘い声が出た。

すでに蜜で潤み、雄を……生まれて初めての男根を求めてひくつくそこに、アーシュの節の太い指が挿入された。

「んんっ……」

これまで自らを慰める時に後孔はいじってきたが、アーシュの指は優しい動きながらも隘路《あいろ》を進み、確実にラナンに快感を与えてきた。

「は……あぁ、んっ、アーシュさ、ま……」

ジュクジュクと淫猥な音が聞こえ出した頃には、ラナンの前は力を取り戻していた。

透明な液体が自らの腹を濡《ぬ》らし、人から与えられる初めての愉悦に、ラナンは処女ながらも腰をくねらせ、自然と脚を大きく開いていた。

「ん……やぁ、そこはいやっ……」

蕩けるような甘い熱に翻弄されていると、ひと際強い刺激が襲ってきて、ラナンは慌ててアーシュの腕を摑んだ。

「なんだ？　ここは嫌いか？」

「あぁぁっ」

いやらしく口の端を上げたアーシュにもう一度そこを撫でられ、ラナンの腹筋がきゅうっと縮まる。

「だめ、だめ……あぁ、やぁ……っ」

後宮に愛人を囲ってないとはいえ、アーシュは何度もこういった経験があるのだろう。それは彼の手技から容易に知ることができたし、醸し出す空気も余裕に満ちていた。

(僕なんて、赤子同然だな)

彼の手でいいように啼かされて、経験数の無さを露呈している気がした。

しかし、そんなことを気にしていたのはこの時だけで、緩やかな速度から徐々に速まった指の動きに、頭の中は一瞬にして喜悦に染まった。

「あん、は……ぁ、あっ、あぁっ」

腰を跳ね上げさせながら、アーシュの手管に翻弄され、心も身体もとろとろに蕩けてしまった気がした。熱くて、でも快くて刺激的で。

他者と肌を重ねることが、こんなにも気持ちのいいことだとは知らなかった。

「……挿《い》れるぞ」

ずるりと指を引き抜かれてぶるりと身体が震えると、耳元で熱っぽく囁かれた。見れば彼の男根はこれ以上ないほどに滾り、鈴口から透明な蜜を零している。

(あっ……)

そんなになるまで己の欲望を抑え、隘路を解すことを優先してくれたのかと思うと、ラナンの胸は熱くなる。

ぐっと先端で蕾を押し広げられて、ぎゅっと目を閉じた。

まだ何者も受け入れたことのないそこは、アーシュの丁寧な前戯のおかげで、無理なく花開いていく。

「う……んんっ……」

しかし、アーシュの立派なそれはやはり質量が大きくて、容易に受け入れることができなかった。

「は……本当に、お前は処女のような身体をしているな」

額にじわっと汗を滲《にじ》ませながら、アーシュが呟いた。

目元が眇《すが》められて彼も苦しそうだが、この状況を嬉しがっているふうにも見える。

「あ……はぁ……アーシュ様……」

内臓がせりあがるような苦しさに、思わず彼を求めて両手を伸ばした。するとアーシュは愛おしげにラナンを見つめると、身体が撓るほど強く抱き締めてくれた。

「あぁぁっ……！」

この時、逞しい雄が一気に秘筒を突き進み、ラナンの秘められた処女を奪っていった。

「動くぞ」

耳元でそう囁いてから、アーシュはゆったりと腰を前後させてきた。

「んぅ、やぁ……あぁ……あ……」

熱く潤んだ肉壁は逞しい熱杭《ねっくい》に擦られ、これまで感じたことがないほどの快楽を導き出す。

「アーシュ様……アーシュさ、まぁ……」

最初は穿《うが》たれる感覚に戸惑いばかりだったが、あまりの気持ちよさに、ラナンは彼の名前を呼びながら、かぶりを振った。

（知らない……こんなに気持ちいいことなんて……ほかに知らない！）

つい先ほどまで処女だったラナンは、悦楽の涙をぽろぽろと眦から零しながら、アーシュを見つめた。

「愛しているぞ、ラナン」

「アーシュ様……」

情欲の苦悶《くもん》を浮かべながらも微笑む彼に、胸の奥がきゅんと捩れた。

もう何度目かわからない激しい口づけを交わし、それが合図となったように、急にアーシュの動きが激しくなる。

「ひゃ……あ、あぁぁ……っ」

脳天を突き抜ける快感を味わって、ラナンは大きく目を見開いた。ひと際感じてならないあの場所を、彼の切っ先で押し上げられたからだ。

「いけません！　……アーシュ様……そこは、だめぇ……！」

最初は偶然だと思ったが、彼が意図的に押しているのだと気づき、ラナンは激しく揺さぶられながらもアーシュに縋《すが》って懇願した。

「お願い……許して……そんなにされたら……いっちゃ……っ」

己の果てが近いことを訴えると、余裕のない表情でアーシュは額を合わせてきた。

「あぁ……お前の中は処女のようにきつくて、熱くて。まるで極楽にいるようだ」

一緒にいこう。

吐息のように囁いた彼の言葉と同時に、ラナンは二度目の精を放った。

それと同時に最奥に熱い飛沫《ひまつ》を浴びせられ、身体がびくっびくっと跳ね上がる。

「あぁ……アーシュ……様ぁ……」

絶頂のこわばりから解放され、ぐったりと身を投げ出すと、汗に濡れた髪を優しく掻き上げられた。

「そなたは花のように美しく可憐でありながら、こんなにも淫らな身体をしているとは……これは、さらに手放せなくなりそうで怖いな」

アーシュの言葉にぼんやりしていた焦点を合わせると、複雑な表情で微笑む彼がいた。

「手放せないなんて、そんなこと言わないでください……僕はリクの母親であり、あなたの義弟です……」

こんな時まで嘘をつかなければならない現実に、胸の奥がチリッと痛んだ。

彼もこの関係に胸を痛めているのか？　髪を撫でる手がさらに優しく愛おしげなものに変わった。

「わかっている。それでも愛している、ラナン。この想いはもう止めることができない」

「アーシュ様……」

生まれて初めて恋した相手に「好きだ」と言われ、悦楽とは違う涙がこめかみを伝った。想い人に想われることが、こんなにも幸せなことなのだと、心の底から実感したからだ。

しかし、それを素直に喜べない自分もいる。

(だって僕は偽りの母親だ。そして偽りの義弟なんだ……)

どんな理由があろうと、もし自分がリクの実母でなく義弟でもなかったと彼に知られたら、真っ直ぐで誠実な性格をしたアーシュには、きっと嫌われてしまうだろう。

(どうして僕とアーシュ様は、惹かれ合ってしまったのかな？　義兄弟のままだったら、こんなにも苦しまなくてすんだのに……)

気を緩ませた自分が、アルファ性の彼の前で発情期を迎えてしまったことがいけなかったのだが、それでも互いに互いを愛していた。

きっとここで発情期を迎えていなくても、いつか同じようなことが起こっていただろう。

「アーシュ様、もう一度だけ口づけてはくれませんか？」

好きだと言う代わりにキスをねだると、眦の涙を拭われた。

「一度と言わず、何度でも唇を重ねよう。お前は我が甥の母であり、この世で一番愛しい存在だ」

「アーシュ様……」

今にも泣き出すのではないか？　と思うほど悲しげな笑みを向けられて、胸がさらに痛んだ。

凪《な》いだ海のように優しい口づけをされて、ラナンは申し訳ない気持ちと愛しい気持ちで彼の首に抱きついた。

虫の音が響く夜陰の中、今は二人だけしかいない。

けれども愛し合う二人は、決して結ばれてはいけない関係なのだ。

なぜなら、自分は『彼の弟の妻』なのだから。

母国とは比べものにならないほど発展している大国、ランディーナ王国へやってきて半年が経った。

「おかーさん、行ってきます」

「はい、行ってらっしゃい。今日もたくさんお友達と遊んでくるんだよ」

「うん！」

子守りのトウマに手を引かれ、リクは幼い王子専用の水色の馬車に乗り込んだ。幼い王子用とはいえ、繊細な金細工が至るところに施された豪奢《ごうしゃ》な馬車だ。

通常、王族の子どもは専属の家庭教師がつき、公の教育施設へ通うことはない。

しかし、どうしてもリクに協調性を身につけさせたかったラナンは、公の幼稚園へ彼を通わせたいとアーシュに申し出た。

するとアーシュは、今は使われていない離宮を改装し、国内から優秀な教育者を集めて、たった三カ月で王立幼稚園と初等科を作ってしまったのだ。

通うことが許されているのは臣下や貴族の子どもと限定的だが、それでも五十名以上の児童がいるので、リクの協調性もきっと養われるだろう。

しかし、幼稚園ができるまでの三カ月の間も、リクは子どもたちと遊んでいた。

アーシュの父であり現国王のハバット王は、「子どもが元気な国は発展を続ける」とし、臣下の子どもたちを自由に庭で遊ばせていたのだ。

その輪の中にリクも入れてもらい、毎日泥んこになるまで遊んでいた。

(後宮がないのに、城内にはたくさん子どもがいるって仰《おっしゃ》ってたのは、こういうことだったんだな)

ラナンは納得し、温暖な気候の中で元気に遊びまわる子どもたちを、後宮の部屋の窓から眺めていた。

この様子に心癒《いや》されながら、ラナンも王族としての立ち居振る舞いや思想、教養などを勉強していた。

けれども、十六歳まで貴族の長男として育てられたラナンは、立ち居振る舞いや教養は完璧《かんぺき》だった。

ランディーナ王国の思想と、ザラ王国の考え方は違うところがあったので興味深かったし、もともと勉強好きで考古学者志望だったラナンは、ランディーナ王国の歴史や歴代王について、あっという間に覚えた。

最近では専属の歴史学者と、互いの考察を語り合うほどだ。

「――ラナン、今日も息災か?」

「王様、おはようございます」

リクを見送り、後宮にある自室へ帰ろうとした時だった。

広い廊下が交差する広間で、ハバットに出会った。

ランディアーナ王族のしきたりとして、夕食は必ず血族で卓を囲むので、毎日二人は顔を合わせている。

しかも息子たちには厳しいことで有名なハバットだが、孫のリクと母親であるラナンにはとても優しく、本当の家族のように接してくれた。

「リクは、今日も元気に幼稚園へ行ったようだな」

精悍《せいかん》で整った顔に髭《ひげ》を蓄えたハバットは、アーシュとよく似ていて、二十五年後の彼を見ているようだった。

「はい。リクを公の幼稚園へ行かせたいという我《わ》が儘《まま》を聞き入れてくださり、本当にありがとうございます」

「もうそのことはよい。親はみな、自分の子どもの将来を考えるものだ。ラナンにはラナンの教育方針があるのだから、それを信じてリクを育てなさい」

「はい、本当にありがとうございます」

ラナンが深々と頭を下げると、ふいにハバットがラナンの前髪に触れてきた。

「？」

少量の前髪を摘《つ》ままれたまま顔を上げると、深みのある青い瞳《ひとみ》と視線がぶつかった。

「前髪を、少し短くしたらどうだ。せっかくの美しい顔が隠れてしまって、もったいない」

「はぁ……」

アーシュとはまた違う、落ち着いた大人の笑みを向けられ、ラナンはノーブルであでやかな彼の笑顔に見惚《みと》れてしまった。

すると、

「──父上。ラナンは前髪が長い方が似合うんですよ」

声に振り返ると、そこにはシャツに下衣だけという砕けた格好のアーシュが、警戒心も露《あら》わにこちらを睨《にら》んでいた。

「なんだ、アーシュか。今日はまたずいぶんと早起きだな」

「今日も早起きなんですよ、父上。まぁ、息子のことなど興味はまったくないでしょうが」

「確かに。成人した息子に干渉するほど、儂《わし》も暇ではないからな」

「あ、あの……」

大股《おおまた》でやってきたアーシュに抱き締められて、腕の中に納められる。

それはまるで、お気に入りのぬいぐるみを奪われないよう牽制《けんせい》する子どものようで、独占欲丸だしのアーシュの態度に、戸惑いと恥じらいが隠せなかった。

「む……」

この様子を見て、ハバットの眉間《みけん》に深い皺《しわ》が寄る。

「おぬし。まさか実弟の妻を、側室に迎えようなどと考えているわけではあるまいな？」

「父上こそ、息子の妻を後妻に迎えようなんて破廉恥なこと、欠片《かけら》も思ってらっしゃらないですよね？」

（うわー……今日もお二人は仲が悪いなぁ）

ラナンは二人に挟まれて、冷や汗が止まらなかった。

これは以前トウマに聞いたのだが、アーシュと父王ハバットは、もう何年も前から仲が悪いそうだ。ダーシャが城を出た原因は、相手にあると互いに思っているかららしい。

よって周囲も気を使い、できるだけ二人が同席することのないよう配慮しているそうだが、ラナンが来てからというもの二人が顔を合わせる機会が増え、臣下も従者もハラハラしているそうだ。

なぜなら、これまで頑《かたく》なに息子と夕食をとりたがらなかったハバットが、リクとラナンに会いたいがために、夕飯の席をともにするようになったからだ。

しかも三時のお茶会には必ず呼ばれ、リクとラナンの寝室を王宮内に移動させろと臣下に命令するほど。——リクは正当な後継者なので、側室のいない形だけの後宮に引きこもらず、堂々と王宮内で育てろと。

けれども、これにはアーシュが難色を示しているので、話が出るたびに破算していた。ラナンもアーシュとの関係を誰《だれ》にも知られず、人のいない後宮で身体《からだ》を繋《つな》げることができるように、いろいろと理由をつけては王宮内暮らしを断っているのだが、ハバットは一向に諦《あきら》めようとしない。自分の部屋の隣にリクと一緒に引っ越してこいと——。

気難し屋で厳格で、人の好き嫌いが激しいというハバットだが、ラナンもリクも初めて謁見した時から快く迎え入れられ、リクは本当に良い祖父に恵まれたと、胸を撫《な》で下ろしたのに……。

それなのに、容姿がよく似たこの親子が、こんなに仲が悪いなんて。

まるで舅《しゅうと》と夫に挟まれた嫁のような状況に、ラナンはいつもあわあわするだけだった。

(きっと、お二人とも似た者同士なんだろうな。だから喧嘩《けんか》しちゃうんだ)

実際、剣の名手だという二人が本気で喧嘩を始めたら、笑いごとではすまされないだろう。

しかし、こうして些細《ささい》なことで口喧嘩する二人を、ラナンは「むしろ仲がいいのでは？」と、思っている節があった。

本当に仲が悪ければ、顔を合わせるのも嫌で城を飛び出しているだろう。

王子になることに幸せを見出せなかったダーシャや、息子を捨てたカリナのように。

「――王様、そろそろ謁見のお時間でございます」

「うむ」

隣にいた臣下に耳打ちされ、ハバットは頷《うなず》いた。そして何事もなかったかのように歩み出す。アーシュに一瞥《いちべつ》をくれながら。

ハバットが去り、周囲にいた従者もラナンも、張り詰めていた空気から解放されてホッと息をついた。アーシュはまだ気に喰《く》わないらしく、小さく舌打ちしていたが。

「――さて、俺も朝食を食べるとするかな。ラナンも一緒にどうだ？」

身体を離されて、問うように瞳を覗《のぞ》き込まれた。

「申し訳ありません。僕は先ほど、リクと食べてしまったので」

「そうか。じゃあ俺の向かいに座って、お茶でも飲んでてくれ」

「え？　ちょっと……！」

ラナンを抱き締めていた手を腰へ移動させせると、先ほどの厳しい顔とは裏腹に蕩《とろ》けそうな眼差《まなざ》しで見つめられた。

（あ……だめだ。アーシュ様のこの笑顔、好き……）

部屋に帰って読みかけの本を読もうと心に決めていたのに、彼の柔らかな笑顔に絆《ほだ》されてしまったラナンは、一緒に食堂室へと向かったのだった。


向かいに座って朝食をとるアーシュを見つめていたら、唐突にからかわれた。

「俺の顔に何かついているか？」

「そうですねぇ。アーシュ様のお顔には、お目目とお鼻とお口がついております。そして無精髭も」

「確かに。背中には、お前が昨夜《ゆうべ》つけた爪痕《つめあと》もあるぞ」

「しーっ！　そういうことは言っちゃだめですってば！」

小声で叱責《しっせき》すると、アーシュは新鮮なサラダを口に運びながら小さく笑った。

「冗談だよ、安心しろ。俺とお前の関係は絶対に秘密だ。誰にも知られてはいない」

「本当に、ばれてはいないんでしょうか？」

「俺が大丈夫だと言っているんだから、大丈夫だよ」

そうなのだ。

これは何度も二人の間で確認してきたことだった。

次期国王となる第一王子が、事故で亡くなったとはいえ、弟の妻と肉体関係を持っているなどと知れ渡れば、国民を動揺させることになる。もしかしたら、ランディアーナ王族の信頼を揺るがすことになるかもしれない。

(早く、こんな関係は終わりにしなくちゃいけないのに……)

何度もそう思うのに、彼の青い瞳に見つめられると、これ以上ないほど胸がときめいた。身体は甘い炎に包まれて、理性は一気に霧散し、彼が好きだと本能の塊になってしまう。

しかも発情期の夜はさらにその思いが強くなり、まるで盛りがついた獣のようにアーシュを求めてしまった。

しかし、一人の時は一日中自身を慰めなければいけなかった発情期も、アルファ性の彼に抱かれると、喉《のど》の渇きのような不快感は治まり、自己嫌悪に陥るほどの性欲が和らいでいく。

(発情期はオメガ性が妊娠しやすいよう、埋め込まれた本能の仕組みだって聞いたことがあるけど。本当なんだなぁ)

昨夜は、この城へ来て三度目の発情期だった。

金がない頃は買うことができなかったサフラン茶をトウマが淹《い》れてくれたので、発情期の症状はかなり薄らいでいた。

だが、アルファ性を刺激する香りまでは消せないので、ラナンに発情したアーシュに激しく抱かれてしまったのだ。

そしてアーシュに精を放ってもらった瞬間、発情期独特の症状は完全に消え、心も身体も軽くなった。

それでも明け方まで互いを求めてしまったのは、愛ゆえだ。

「さて、腹もいっぱいになったし、朝の散歩に行くか。ラナン」

ナプキンで口元を拭《ぬぐ》ってから立ち上がったアーシュは、大きく開け放たれた食堂室の窓から庭へ出た。

それに続いて外に出ると、待っていた彼に当然とばかりに腰を抱かれる。

「この手を放してください。じゃないと怪しまれます」

「気にしすぎだ。我が国では親しい者同士が密着して歩くのは、当然のことだからな。誰も気にしない」

「本当ですか？」

「本当だよ。俺が嘘《うそ》をついたことがあるか？」

にやりと笑われ、ラナンは答えようがなかった。

今のところ、嘘をつかれたことはない。

しかも庭ですれ違った侍女たちも臣下たちも、二人が密着して歩いている姿を目にしても、顔色ひとつ変えずに頭《こうべ》を垂れてくる。

（やっぱりアーシュ様の言う通り、僕が気にしすぎなのかな？）

この国の人たちは、挨拶《あいさつ》でキスを交わすほど親密な人間関係を築くので、自分たち程度の密着は全然気にならないのかもしれない……とラナンは思った。

二人は太陽が降り注ぐ気持ちのよい庭をしばらく歩き、海が見えるキオスクのソファーで一休みした。

アーシュとは、他愛《たわい》もない話をしていても楽しかった。

博識な彼は、好きなことばかり没頭してきたせいで、世事に疎いラナンにいろいろ教えてくれた。

しかも確かめたことはないが、彼も歴史や考古学にも関心があるようで、話も合い、リクの話題ともなれば何時間でも話していられた。

「本当に綺麗《きれい》……」

水面を輝かせている海は、今日も凪《な》いで穏やかだった。

大陸の内地で生まれたラナンは、小さな湖しか見たことがなかった。それなので、大海がこんなにも心を和ませてくれるものだと、知らずに育った。

「そうだな。本当にお前は綺麗だ」

「もう、またそんなことを仰って」

海の美しさを自分の美しさにすり替えられて、ラナンは照れ隠しに頬《ほお》を膨らませた。すると、面白がるように頬を突かれた。

「やめてくださいってば」

「なんだ、俺に突いてもらいたくて膨らましたんじゃないのか？」

「違います！」

どう解釈したらそうなるのか？　ラナンは不思議に思ったが、今日のアーシュも相変わらず優しくて、無精髭が生えていてもそのかんばせはかっこよかった。

「――失礼いたします、アーシュ様。そろそろキーワ共和国の大使様がいらっしゃいます」

「もうそんな時間か？」

「はい」

音もなく柱の陰から現れたサラーンに、アーシュは天を仰いだ。

「それじゃあ、今日も国民のために働いてくるか」

「はい、行ってらっしゃいませ」

ため息をひとつ吐いたあと、アーシュは表情を引き締めて立ち上がった。

そうなのだ。毎夜身体を繋げている愛《いと》しい彼は、自分の秘密の恋人である以前に、この国のために尽くしている尊い王子なのだ。

一緒にいると、あまりにも自然で彼が王子だということを忘れてしまうが、家が没落し、その恥を一生背負って生きていかねばならない自分とは、身分があまりにも違いすぎる。

しかも彼が信じていること――ラナンが甥《おい》の母親であるということも嘘で、アーシュに隠していることや、事実ではないことがとても多すぎて、心が疲れてしまうことがよくあった。

頬にキスをひとつ残すと、アーシュは名残惜しげにラナンの髪を撫でて、それからサラーンと屋内へ戻っていった。

(――いつまで僕は、リクの母親でいられるのかな？)

岩場に打ちつける波音を聴きながら、ラナンは思った。

大事にされれば、されるほど不安になる。いつまで偽りの存在で、愛しいアーシュのそばにいられるのか、と。

遠くなる彼の広い背中を見て、涙がじんわりと滲《にじ》んだ。

この涙はきっと、いずれ訪れるであろう別れを予感したものなのだと、ラナンにはわかっていた。

愛しい彼とは、永遠に一緒にいることはできない。

なぜならば、自分は偽りの存在だからだ。


よく晴れた秋空には、子どもの笑顔が似合うとつくづく思った。

「おかーさん！　あれが食べたーい！」

「こら、リク！　手を離したら迷子になっちゃうよ」

こんなにも大きな収穫祭というものに、ラナンは生まれて初めて来た。

そもそもザラ王国は土地が乾いていて、農業というものが成り立たなかった。

しかし、ランディーナ王国は同じ大陸にありながら、地下水が豊富で土壌も良く、郊外へ行くと麦畑をよく目にする。

それ以外にも、気候に合うよう品種改良された野菜も多く栽培されていて、地産地消の意識が高い。母国のように、他国から物を買っては借金を膨らませることはしないのだ。

「ねぇ、おかーさん。今日はすっごく楽しいねぇ！」

ラナンの手を握り、先ほど買ったロクマという素朴なドーナツを食べながら、リクが満面の笑みで見上げてきた。

ぷにぷにの頬っぺたは興奮からピンク色に染まり、好奇心旺盛《おうせい》な瞳は、いつも以上に輝いていて、思わずラナンは微笑《ほほえ》んでしまう。

今日は年に一度行われるという収穫祭に、リクとアーシュと三人で遊びに来ていた。

身分ゆえ、本当はお忍びで来なければいけないのだが、褐色の肌に黄金の髪、そして青い瞳を持つ者は王族だと皆が知っているので、リクとアーシュと一緒にいる限り、こっそり……というのは無理だった。

「アシュナギート様！　今年もセミズオトゥが豊作です」

リクとラナンがあれもこれもと店を覗いていると、新鮮な野菜を売っている屋台から声をかけられた。背後にいたアーシュが、店主の呼びかけに笑顔で応《こた》える。

「それはよかった。このトマトも丸々としていて美味《うま》そうだな」

「はい！　どうぞお好きなだけお持ちください！」

この国の人たちはじつにおおらかで、平和を愛する民だ。

しかも自分たちを守り、発展へと導いてくれたランディアーナ王族を大変慕っているので、城下に王族がいても危険性が少なく、最小限の護衛で散策に来ることができる。

気さくなアーシュの人柄も国民から愛されていて、先ほどからいろいろなところで声をかけられた。従者たちが持つ籠《かご》はすでにもらい物でいっぱいで、今にも崩れてしまいそうだ。

「どうだ、楽しいか？　ラナン」

好物の焼き栗を買い食いしていると、隣を歩くアーシュに肩を抱かれた。

「はい、とっても」

この国へ来てから、何度か城下へは従者と買い物に来たことはあったが、三人で来るのは初めてだった。

しかもこのような大きな祭りは初体験なので、すっかり童心に返ったラナンは、先ほどリクと一緒になって、カエル釣りに夢中になってしまったほどだ。

「お前の笑顔を、久しぶりに見た気がする」

「えっ？」

アーシュの突然の言葉にどきりとした。

「最近、お前は浮かない顔をしていることが多いからな。育児に疲れているのだろうと思って、祭りに連れ出してみたんだが……」

「そうだったんですか！　お気遣いいただき、ありがとうございます」

「いや、当然のことをしたまでだ。大事な義弟《おとうと》と甥だからな。いつも笑顔でいてもらわないと」

返事の代わりに笑みを浮かべ、小さく頭を下げた。

しかし、彼の言葉を聞いてからでは、自分が上手く笑えているのかどうかもわからなくなって、焼き栗を摘まむ手が止まる。うわべだけの笑みを浮かべる日々が、ここのところ続いていたからだ。

確かに、最近心の底から笑った記憶がない。なぜならばアーシュとの許されぬ関係に、いつも悩んでいるからだ。

リクといれば自然と笑顔も出るが、それは母親としての条件反射のようなもので、心の底からの笑みでないことも多い。

「本を読むのもいいが、もっと身体を動かす趣味を持った方がいいぞ」

アーシュに指摘され、ラナンは素直に頷いた。一人でいる時は苦しい恋を忘れるかのように、本ばかり読み漁《あさ》っていたからだ。

「お前にはいつも笑っていてほしい。だから我が国にも連れてきたんだ。悩みがあるならなんでも俺に話してくれ。心は夫婦だ。ともに悩んで解決したい」

「アーシュ様……」

雑踏の中、思わず立ち止まって見つめた瞳には、一点の曇りもなかった。

決して真実を話すことはできないが、それでもともに悩み、解決したいというアーシュの偽りない言葉に、ラナンは素直に応えたいと思った。

「何か、俺に言いたいことはないか？」

真っ直《す》ぐな眼差しで訊《たず》ねられ、ラナンは大きく頷いた。

「はい。では、お願いごとが一つあります」


麻のエプロンは大好きだった乳母にもらったものなので、一緒にランディーナ王国まで連れてきた。

「本当に、こんなことでお前の笑顔が増えるのか？」

「はい、増えます！」

城に帰ってから、夕飯の準備で慌ただしい調理室の一角で、ラナンは腕捲《うでまく》りをした。この様子をアーシュは不審げに眺めている。

「確かにお前は菓子職人だったが、それは仕事であって娯楽ではないだろう？」

「違うんです。僕は娯楽を仕事にしたんです」

生きることに必死だった頃の自分を思い出して微笑むと、ラナンは久しぶりに感じる小麦粉の感触に吐息した。このひんやりとした感触が心地いい。

初めてランディーナ王国へやってきた晩、出されたデザートを食べた時から不思議に思っていたのだ。

ここは水も緑も食材も豊富なのだが、なぜか菓子だけは美味《おい》しくなかった。

「一体何を作り始めたんだ？」

腕を組み、隣から覗き込んできたアーシュに答えた。

「トゥルンバです」

「トゥルンバ？」

「はい。小麦粉で作った生地を油で揚げて、シロップに漬けたお菓子です。美味しいですよ」

「でも、正直俺はあまり菓子が好きではない」

「甘いものがお嫌いなわけじゃないでしょう？」

「まぁ、甘い果物は好きだが……菓子はどうもな」

「それはきっと、本当に美味しいお菓子を食べたことがないからですよ」

ここまで貿易が盛んな国なのに、なぜ菓子だけは美味しくないのだろう？　このことに関しては歴史的、かつ文化的考察が必要なので、今度専属の歴史学者と話し合うことにして、ラナンは今は、菓子作りに集中することにした。

レシピも見ず、量りもほとんど使わないで、身体が覚えている感覚だけでトゥルンバを作っていく。

そんなラナンの様子を、アーシュは感心したように見ていた。

最初は彼の視線が照れ臭くもあったが、菓子作りに集中してくると、アーシュの熱視線も気にならなくなった。

そうして数十分後。

こんがりサクサクに揚がった生地に、じゅわっとシロップが染み込んだトゥルンバが、大きな皿山もりに出来上がった。

「なんだこれは!?　美味いぞ!!」

「でしょ？」

青い目を驚きに見開いたアーシュの声が、調理室中に響き渡った。すると調理室にいた料理人たちが興味深げに集まってくる。

「これがね、本当に美味しいお菓子なんですよ！」

『本当に』の部分を強調してラナンが言うと、アーシュが嬉《うれ》しそうに笑った。

「そうだな、こんなに美味い菓子はこの国にはない。いっそランディーナ王国でも菓子店を開くか？」

「本気ですか？」

「お前がやりたいというのなら構わん。でも、あくまで監督役という形で職人に菓子の作り方を教えてやってほしい。そうすれば我が国の得意産業が増えるからな」

冗談なのか本気なのかわからない言葉だったが、自分の瞳が希望に輝いていることはわかった。

城での生活は好奇心を刺激することも多く、決して退屈ではなかったが、それでも育児以外に自分の生きがいを取り戻せたのは、飛び跳ねたいほど嬉しいものだった。

「僕、お菓子教室を開きたいです！　そしてこの国の人たちに、本当に美味しいお菓子を伝えたい！」

それからラナンが作った菓子をハバットにも振る舞うと、彼も青い目を丸くさせて、美味しさに驚いていた。

「……これは勲章ものだな」

「ありがとうございます」

感嘆しながら呟《つぶや》いた王の言葉は、冗談だと思った。勲章を授与したくなるほど美味しいと称《たた》えてくれたのだと。

しかしこの言葉は冗談などではなく、ラナンは後日、王室初の菓子職人として、勲章を授与されることになったのだった。

今日もランディーナ王国は、朝から天気が良かった。

青い空を窓越しに見つめながら、ラナンは大きく息を吐き出す。

「……なんだか、大事になってしまい緊張しています」

「そうか？　俺にしてみれば当然の流れだと思うがな」

真珠と誕生石であるトパーズでできた髪飾りをつけ、シルク地に金糸と宝石でビジューの花が描かれた長衣を纏《まと》い、ラナンは王族であることを示す濃紺の帯を巻いていた。

秋の収穫祭からひと月後。

王族初の菓子職人の称号をもらったラナンは、勲章授与式を前に緊張していた。まだ控えの間にいるというのに、トウマが淹れてくれたチャイに手をつけられないほどだ。

実家があった頃は、何度か華やかな席に呼ばれたこともあったが、成人してからは初めてなので、名実ともに、これはラナンの社交界デビューだった。

王族や貴族の舞踏会では、成人しているかしていないかで、まったく扱いが異なる。

未成年者は深夜まで出席することが許されない上、踊りを踊ることはできない。

しかし成人すると、明け方まで繰り広げられる華やかな席にいることができるのだ。

しかも気に入った相手を踊りに誘うことも許されるので、一夜の恋を楽しむ大人の世界へ足を入れたこととなる。

もともと派手なことは苦手で、恋にも興味がなかったラナンは、いつも貴族の舞踏会に憧《あこが》れるカリナの気持ちがわからなかった。

そして、この状況になってもカリナの憧れはやはりわからなかった——ただ、自分が今身に着けている髪飾りと長衣が、とても高価なものだということ以外は。

「——よく似合っているぞ、ラナン」

「王様！」

控えの間の扉が大きく開けられて、ハバットが臣下を引き連れ、現れた。慌ててソファーから立ち上がろうとすると、優しく手で制される。

「父上、何かご用ですか？」

明らかに不機嫌なアーシュの声が響いて、場の空気がピリッと張り詰めた。

「儂が見立てた服を義理の息子が着ているんだ。それを見に来て何が悪い」

「悪いことは何もありませんがね。ですが、ここは王子の控えの間です。自分より身分の低い者の控えの間に現れるのは、お立場上いかがなものかと」

「そんなこと、お前に指図される覚えはない」

「え……えっと　王様！　このたびは本当に素敵な服をありがとうございました」

このままでは本格的な喧嘩になりそうだったので、ラナンは慌てて二人の間に立った。

ランディーナ王国では、晴れの場で着る服を父親が贈る習慣があるそうで、ラナンが今身に着けているものは、すべてハバットから賜ったものだった。

「うむ、やはり儂の目に狂いはなかったな。よく似合う。今日の主役にふさわしい美しさだ」

「ありがとうございます」

厳格な表情は崩さないものの、ほんの少し目を細めたハバットに、ラナンは深く頭を下げた。手放しの賛辞に頬を染めながら。

「それでは、ラナン様。授与式が始まりますので、ご準備のほどを」

「はい！」

サラーンに声をかけられて、ラナンは弾《はじ》かれるようにして立ち上がった。その際にテーブルの縁に膝《ひざ》をぶつけて、アーシュに苦笑される。

「安心しろ。今日は義兄《あに》として、俺がお前を完璧にエスコートしてやる」

「ありがとうございます……」

羞恥《しゅうち》からさらに赤くなると、アーシュにぎゅっと手を握られた。

「あっ……」

金の縁取りがされた白い長衣を纏い、同じく白絹のクーフィーヤを被《かぶ》った彼はやはり凜々《りり》しくてかっこよく、今朝《けさ》からときめきが止まらない。

これもラナンを緊張させている要因の一つなのだが、アーシュはそんなことに気づくはずもなく、華やかな笑顔をこちらに向けた。

「さぁ、参りましょうか。ラナン様……いや、王国一のお菓子職人様」

冗談めかした彼の言葉に、思わずぷっと吹き出す。すると緊張が解《ほぐ》れ、ラナンはやっと微笑むことができた。

「はい、よろしくお願いいたします。お義兄《にい》様」


儀仗兵《ぎじょうへい》が大広間の扉を開けると、何百という視線がラナンへ向けられた。その視線の数に、解れた緊張が再び顔を覗かせる。

城の中で一番大きな部屋を授与式の会場に選んだのは、ハバットだ。

これは菓子職人としての勲章授与式でもあるが、沈没船事故で亡くなったダーシャの妻を、正式な王族として認めることを披露する場でもあった。

王族はもとより、国内中の貴族や貴顕が集められた大広間には、なんともいえない熱気が漂っている。

結婚することなく子をなし、息子とともに迎えられた異国のオメガ性に、みな興味津々なのだ。

好奇の視線を全身でびりびりと感じながら、ラナンは震える膝を叱咤《しった》した。すると、わずかな震えがアーシュにも伝わったのか、さりげなく腕を組まれて、赤い絨毯《じゅうたん》の上を二人で歩き出す。

（まるで結婚式みたい……）

そんなことを考える程度には我を取り戻し、ラナンはなんとか玉座まで辿《たど》り着くことができた。そうして黄金の玉座に座っていたハバットが立ち上がると、会場の空気は一瞬にして張り詰めたものになる。

「おめでとう」

厳格な表情で言葉をかけると、ハバットはラナンの胸に輝く勲章をつけた。

「ありがとうございます」

膝を折り頭を垂れると、広間中が拍手喝采《かっさい》に包まれた。

こうしてラナンは、国中の貴族や貴顕に、王族の一員として認められたのだった。

勲章授与式にも、この後開かれる祝賀会にも、リクのような小さな子どもは参加することが許されないと知ったのは、数日前だった。

それはランディーナ王国では当たり前のことらしいが、華やかな席に行くことができないのはかわいそうだと、ラナンは折り紙で手製の勲章をいくつも作った。そして遊戯室を大広間に見立てて飾りつけると、リクと臣下の子どもたちに勲章を授与したのだ。

勲章を与えたのはハバットではなくアーシュだったが、子どもたちは突然与えられた折り紙の勲章に大喜びし、歌ったり踊ったり飛び跳ねたりして、祝賀会のまねごとを始めた。

「みんな、喜んでくれてよかったですね。ラナン様」

部屋の隅からこの様子を眺めていると、小さな勲章授与式の準備を手伝ってくれたトウマがやってきた。

「そうだね。これも深夜まで遊戯室を飾りつけてくれた、トウマのおかげだよ。ありがとう」

「とんでもないです！　ラナン様の素敵な発想に、便乗させていただいただけです」

とても謙虚な性格の彼は謙遜《けんそん》していたが、本物の勲章授与式を前に忙しかったラナンに代わり、子どもたちの勲章授与式はほとんどトウマが準備をしてくれていた。

この後、ラナンが作っておいたバクラヴァやロクム、ハルヴァといった菓子を食べ、はしゃぐ子どもたちとほんの少しだけ戯れた。すると心も和み、笑顔も自然と出てきて、短い間だったが寛《くつろ》ぐことができた。

しかし、『ヤスミンの大冒険』を読み聞かせている途中で従者に呼ばれ、祝賀会に出席するべく遊戯室を離れた。

「そうだ、これを渡そうと思っていたんだ」

「？」

ともに遊戯室を出たアーシュは、廊下の真ん中で立ち止まると下衣のポケットを探った。そして金と青い宝石で作られた、小さなコンパクトをラナンに渡す。

「これは……？」

「紅だ。王族の一員となったからには、これから身に着けるものも注目されるからな。祝賀会や舞踏会といった公の場には、紅を塗っていくといいだろう。オメガ性の男は美しい。だからラナンにもきっとよく似合うだろう。初めて会った晩のようにな」

「覚えてらしたんですか？」

アーシュに初めて会ったのは、娼館《しょうかん》に身売りしようとしていた夜のことだ。

確かにあの日、ラナンは生まれて初めて紅を引いた。それ以降は自分を良く見せようと思わなかったので、紅は処分してしまったが、社交界では紅を引くオメガ性の男は多い。むしろ引いていない者の方が少ないだろう。

「ありがとうございます。大事に使わせていただきます」

コンパクトを開けると、サフランが贅沢《ぜいたく》に使われていることがわかる、上質で美しい紅が納められていた。それを右手の薬指で撫でると、ラナンはコンパクトの鏡を見ながら唇に乗せた。

「ど……どうですか？」

不安な気持ちで上目遣いに訊ねると、目を見張ったアーシュがニヤリと笑った。

「危険なぐらいよく似合うな。俺の見立てにも狂いはなかった」

父親に対抗するように口にすると、アーシュはラナンの手を握る。

「しかし、これは失敗でもあったな」

「失敗ですか？」

「あぁ、お前の美しさが倍増されて、狙《ねら》う者がさらに増えそうだ」

「そんなことありませんよ。僕のようなオメガ性を気に入ってくださる奇特な方は、アーシュ様ぐらいです」

彼らしい世辞に笑うと、「お前は本当にわかってないな」と呆《あき》れたように嘆息された。


祝賀会は、目も眩《くら》むような美しさで幕を開けた。

昼間の大広間にしか入ったことがなかったラナンは、夜になるとこの部屋がここまできらびやかになるのかと感嘆した。

天井から吊《つ》るされた西洋風のシャンデリアはキラキラと輝き、精緻《せいち》なモザイクタイルの壁を、宝石と見まがうばかりに美しくみせていた。

顔が映るほど磨き込まれた大理石の床は、紳士淑女が集う場をさらに華やかに彩り、彼らの自慢の一着なのであろう豪華な衣装を、さらに引き立てている。

（これは場違いなところに来ちゃったなぁ……）

自分の祝賀会だというのにまったく実感できず、従者に促がされるまま、ラナンは玉座の隣の椅子《いす》に腰を下ろした。

本来ならばここはアーシュの席なのだが、今日の主役はラナンなので、アーシュはさらに隣に用意された天鵞絨《ビロード》張りの椅子に座っている。

「ラナン様」

「はい」

席に着いてまもなくすると、ラナンの周りに人だかりができた。

「どうか、私めと踊ってはいただけませんか？」

「えっ？」

ラナンは突然の申し出にまつ毛を瞬《しばた》かせた。

「いいえ、私とぜひご一緒に」

「何を言う！　美しいラナン様と踊るのは僕だ」

「あ、あの……えーっと……」

この状況が理解できず困惑していると、控えていた従者に耳打ちされた。

「ラナン様、どうかお相手をお選びください。皆、本日の主役であるラナン様と踊りたくて仕方がないのです」

「そうなんですか!?　で……では、一列に並んでいただいてよろしいですか？　順番に皆様と踊ります」

宣言して立ち上がると、会場中がどよめいた。

王族ならば気に入った者の相手だけして、あとは無視するのが通例だ。でも、それはなんだか寂しいなぁ……と思ったラナンは、自分と踊りたいと申し出てくれた人たち全員と踊ることにした。明日筋肉痛で動けなくなったとしても。

　こうして、一番最初に相手をしたのは同じ年頃の青年侯爵だった。

　侯爵は、ラナンが来てからというもの、その愛らしさから貴族の間で話題になっていたことを熱く語り、耳まで真っ赤になるほどラナンを褒め称えた。

　次に相手をしたのは、最近社交界デビューをしたというアルファ性の女で、ハバットのはとこの末娘だった。

　そして、三番目に相手をしたのはかなり年上の男で、貿易会社を経営し、自らも外国へ商品を買いつけに行くので毎日忙しいと、自慢げに話をされた。

　四番目に相手をしたのは、アルファ性らしい悠然たる雰囲気を持った男だった。アーシュと同じ年ぐらいだろうか。風貌《ふうぼう》もどことなく似ていて、やたらと身体に触れてくる失礼な男だった。

「あの……ちょっと……」

　踊りの最中に尻《しり》を触られて、ラナンは驚きに身をこわばらせた。

「いいじゃないですか。今宵《こよい》は無礼講とまいりましょう。よろしければこの後、ご主人を亡くされてお寂しい身体をお慰めいたしましょうか？」

「はっ？」

露骨な誘いに、思い切り嫌悪を感じた時だった。

「失礼」

言葉とともに背後から腕が伸びてきて、男から強引に引き離された。

「アーシュ様！」

「ラナン殿は我が大事な義弟。それ以上の無礼はお控えください」

ラナンを守るように抱き締めながら、青い瞳が鋭く光った。

「……！」

男は彼の怒りに触れて、青い顔をして固まってしまった。その様子を尻目に、アーシュは長衣の裾《すそ》を翻しながら、氷のような眼差しを送る。

「では、この後大事な用があるので失礼」

そう言い残すと、アーシュはラナンの手首を摑《つか》んで、玉座裏の扉から大広間を出てしまった。

この時、何か言いたげなハバットと目が合ったが、アーシュをひと睨みすると、彼は王の顔へと戻っていった。

「あの……舞踏会はまだ続いてますけど！」

「そんなのはどうでもいい。それより、お前は一体どれだけ俺に嫉妬《しっと》させたら気がすむんだ？」

「嫉妬ですか？」

扉が閉まった途端壁に押しつけられ、ラナンは目をぱちくりさせた。

「そうだ。踊りを申し込んできた奴らの相手を全部するなんて。お前が踊っていい相手は俺だけなのに」

「そんなことを聞いた覚えはありません。それに失礼じゃないですか、せっかく僕なんかと踊りたいって言ってくださってるのに」

「僕なんかと言うな。自分を卑下することは俺が許さん」

「でもっ……んんっ！」

続けたかった言葉はアーシュの唇に遮られて、音になることなく消えた。

口腔《こうこう》を貪《むさぼ》られ、呼吸を紡ぐのも苦しくなる。

けれども甘く舌を絡め取られ、先端をきゅっと吸われると、覚えのある刺激がぞくぞくと背中を駆け上ってきた。

（あ、だめ……気持ちいい……）

奪うほどの強さで翻弄《ほんろう》しつつも、彼の優しさが十分滲むキスに、ラナンの頭の中がぼんやりしかけた時だ。

「は……」

銀糸を引きながら唇が離れていった。

「紅が……」

激しい口づけのせいで、自分がつけていた紅がアーシュの肉感的な唇に移ってしまった。褐色の肌を持つ金髪碧眼《へきがん》の美青年には、妖《あや》しいほど紅が似合っている。あまりの美しさに、このまま腰が砕けてしまいそうだ。

（アーシュ様って、かっこいいだけじゃなく、美しくもあるんだ……）

妖艶《ようえん》な彼の魅力の虜《とりこ》になっていると、彼の手が服にかけられて、濃紺の帯を突然解かれた。

「ア……アーシュ様!?　一体何をなさって……！」

黙々と自分の衣服を脱がせにかかってくる彼の腕を、驚いて必死に止めた。

しかしその手を頭上で一括《ひとくく》りにされ、壁に押さえつけられてしまう。まるで蝶《ちょう》の標本さながらに。

「本当にいけません！　こんなところで……あっ！」

器用に片手だけで下衣を脱がされ、ラナンは全身が羞恥で赤くなった。しかも性器が出るように下着をずらされて、まだ縮まっているそれを手の中に納められる。

「やっ、やだやだやだ！　アーシュ様！」

「静かにしろ、ラナン。じゃないと誰かが不審に思って、ここへ来るかもしれないぞ？」

「なっ⁉」

脅すように耳元で囁《ささや》かれ、ラナンは慌てて口を噤《つぐ》んだ。

耳を澄まさなくとも、隣の大広間からは華やかな喧騒《けんそう》が聞こえてくる。

ここは王子が使う控えの間なので、そうそう人が入ってくることはないだろう。しかしサラーンやトウマのような高級使用人なら、ノックすることなく、どの部屋へも出入りができる。

もしここでさらに騒げば、不審に思ったサラーンたちがやってきて、下衣だけを脱がされたみっともない姿を見られてしまうかもしれない。

唇を嚙《か》むと、ラナンは恨めしい気持ちでアーシュを見た。

「いい子だ」

すると、アーシュもラナンが抵抗を諦めたとわかったらしく、意地悪く微笑みながら頰にキスをした。

「ここのところ、お前は勲章授与式の準備で忙しかったからな。全然ラナンが足りていない。それなのに、あんなニコニコと周囲に笑顔を振りまいて……俺を散々焦《じ》らして、嫉妬させた罰をこれから受けてもらうぞ」

勝手な持論を繰り広げる彼に、ラナンはぷくっと頬を膨らませた。

「笑顔を振りまくって……仕方ないじゃないですか。普通は来賓の方々に愛想良くするものでしょう?」

「それは正論だが正論じゃない」

「どうしてです?」

哲学のようなことを言い出したアーシュに、ラナンは状況も忘れて小首を傾《かし》げた。すると妖艶な笑みを浮かべた彼に、鼻先がつくほど顔を近づけられる。

「なぜなら……お前の心も身体も笑顔も、すべて俺のものだからだ」

「あぁ……んっ」

きゅっと性器を握り込まれて、甘い疼《うず》きが駆け抜けた。

力を漲《みなぎ》らせつつあったそれをやわやわと扱《しご》かれ、ラナンは零《こぼ》れそうになる声を必死に堪《こら》える。

「そうやって、声を殺す姿もたまらないな。もっといやらしいことがしたくなる」

口角を上げたアーシュは青い瞳に欲情を浮かべると、抵抗を諦めたラナンの両手首を離した。そして下方へと頭を移動させていく。

「何を……!?」

彼の行動に驚き、問うた瞬間だった。

熱い口腔に性器を含まれて、思わず彼の金髪を両手で摑んだ。

(やだ！　こんなの恥ずかしいっ！)

壁越しに宴の躁狂《そうきょう》が聞こえる中、ジュルジュル……と淫猥《いんわい》な音をさせながら、アーシュに肉茎を愛された。

「ん……んんっ、んん」

ラナンが声を殺しているのを知りつつも、アーシュは愛撫《あいぶ》する舌の動きを止めようとはしない。

いや、むしろこの状況を楽しんでいて、いつも以上に執拗《しつよう》な口淫をしているのかもしれない。

「あ……だめ……っ」

張り出した亀頭を、丹念に舐《な》め回される。

溢《あふ》れる先走りを美味そうに啜《すす》り取られて、熱いぐらいに気持ちのいい鈴口を舌でいじられた。

「あっ、あっ……んん、んっ」

がくがくと膝が震えだし、快感で立っていられなくなった。

「だめです……お願い。もう、許して……」

「音を上げるのが早すぎるんじゃないか？　お前のここはもっと可愛《かわい》がってほしいと言っているぞ」

そう口にしながら先端を指先で突かれて、蜜《みつ》が糸を作るさまを見せつけられた。

「いやだ……っ、アーシュ様の変態！　意地悪！」

堪え切れない羞恥から零れた悪態も、彼を悦《よろこ》ばせる一因になったようだった。

「そうだ、俺は嫉妬深くて変態で意地悪だからな。すぐにお前を許すと思うなよ」

「ひ……んっ」

ちゅるり……と、吸い込むように再び肉茎を口に含まれ、今度は上衣の裾を大きく捲《めく》り上げられた。

「い、いけません！　それだけは本当に……っ」

何をされるか察して、アーシュの頭を引き剝《は》がそうと必死に髪を引っ張った。しかしそれよりも早く、愛液で潤んだ後孔に長い指を挿入される。

「やぁ……っ」

立ったまま指を入れられるとは思っていなくて、ラナンの細い身体は文字通り跳ね上がった。

「あぁ……ん、だめ……ぇ、気持ち……い……」

中で指を曲げられ、感じる場所を押し上げられた。

膝が震えて、腰が艶《なま》めかしく揺れる。同時に口淫も激しくなって、ラナンはとうとう堪え切れず、必死に両手で口元を押さえながら果てた。

「は……はぁ……」

力なく頽《くずお》れた身体をアーシュに抱き留められた。

「すまない、少しいじめすぎたか？」

「……」

反省の色を見せる彼の困り顔を睨んだが、快感で潤んだ瞳ではさまにならない。

「お詫《わ》びにちゃんと愛してやる。だからそんな顔で見るな……理性が利かなくなる」

横抱きに抱え上げられ、部屋の中央に置かれたソファーに下ろされた。

いつ誰が入ってくるかわからないこんなところではなく、本当は鍵《かぎ》のかかる寝室で愛してもらいたかったが、果てたばかりの身体は力が入らず、容易にアーシュに組み敷かれてしまった。

「髪飾り、似合っているな」

真上から見下ろされて、愛おしげに微笑まれた。

「この服もよく似合っている。父上に負けたようで悔しいが、脱がせるのがもったいない」

そう口にしながらも、アーシュは長衣の包み釦《くるみボタン》をゆっくり外していく。そうして薄紅色の乳首が現れると、嬉しそうに目を細めた。

「立ってるな」

「あんっ」

先ほどの行為ですっかり硬くなった乳首を、指の腹で転がされた。きゅっと引き締まった乳輪も気に入ったようで、摘まんだり撫でられたり、口に含まれたりした。

「んん……あっ、やぁ……んっ」

「お前のここもじつに愛らしい……それなのに、こんなにもいやらしく色づいて。けしからんな」

乳首が立ってしまったのはアーシュのせいなのに、まるでラナンが悪いように言われて納得がいかなかった。

しかしこうして言葉で責められるたびに、愛液が溢れ出る自分もいる。

ラナンは恥ずかしくて嫌だと思うのに、もっといじめてほしいと願う己の気持ちにいつも戸惑う。けれどもこれも彼への愛なのだと思うと、すっと昇華されていった。

しばらくは両の乳首をいじられ弄《もてあそ》ばれていたが、もどかしいほど甘い快感に悶《もだ》えていると、再び勃《た》ち上がった肉茎を見咎《みとが》められた。

「もう勃起《ぼっき》したのか？　お前は貞淑で、本当に淫《みだ》らな身体をしている」

「そんなこと……言わないで」

「言うさ。なぜなら俺は、貞淑で淫らな身体をしたラナンを愛してるんだからな」

「アーシュ様……」

「もちろん、お前の心も」

唾液《だえき》でてらてらと光る乳首を摘まれて、大きく背中が反った。同時に深く口づけられて、彼の首に両腕を絡ませる。

「あぁ……」

太腿《ふともも》の内側に彼の硬く猛《たけ》った熱を押し当てられ、知らずと喉が鳴った。

「……欲しい」

こんなことを言うのは貞淑ではない。でも、アーシュは淫らな自分も好きだと言ってくれた。

「アーシュ様の……昂《たかぶ》りが欲しいです」

「ラナン……」

恥じらいから口元を指で覆ったが、言葉はしっかりと彼に届いたようだった。

「いいだろう、お前の望むものはなんでも与えてやる。この命すらもな」

微笑むと、アーシュはクーフィーヤを脱ぎ捨てて、自分の下衣を緩めた。

そして雄々しく屹立《きつりつ》する熱を取り出す。

「あ……大きい……」

浮かされたように口にすると、アーシュがあでやかに笑んだ。

「大きいだろう？　そしてラナンは、この大きいものが大好きだ」

「はい、僕もアーシュ様の心と身体を愛しています……」

「本当に悔しいな。なぜ俺が、お前の初めての男でなかったのか。時を戻すことができるのならば、ダーシャよりも先にお前と出会いたかった」

切なげに眉《まゆ》を寄せた彼に、胸がぎゅうっと痛んだ。

本当は言ってしまいたい。自分が初めて愛した人も、身を捧げた相手もあなただと――。

しかし、この事実を口にした途端、二人の関係は終わってしまうだろう。

自分を騙《だま》していた男を、真っ直ぐな性格をした彼はきっと許さない。

「ふ……あぁ……ん」

先ほどいじられた後孔は、すんなりと彼を呑《の》み込んだ。

もう何度も味わっているというのに、彼に穿《うが》たれる時は毎回身体が喜びに満ち溢れる。

「お前の中は本当にきつくて、熱くてたまらないな。今にも果ててしまいそうだ」

愉悦の苦悶《くもん》を滲ませた彼は、ラナンを抱き直すと性急に腰を動かし始めた。

「あぁ、だめ……っ、アーシュ様……そんなに、早くしないで……っ」

熟れた柔襞《やわひだ》を熱杭《ねっくい》で激しく擦《こす》られ、我を失うような快感が押し寄せてくる。しかも切っ先が良いところに当たり、そのたびに全身を突き抜ける稲妻に翻弄され、あっという間に白い絶頂がちらつき始めた。

「アーシュ様……アーシュ様ぁ……」

「ラナン、愛している。お前はもう俺のものだ。俺だけのものだ」

「あっ……あぁん……あぁぁぁっ」

腰を深く二、三度突き入れられ、ラナンは勢いよく吐精した。

すると体内の最奥が熱く濡《ぬ》れたのを感じ、アーシュも果てたのだと知る。

荒い呼吸をつきながら、まだ足りないといったように互いに唇を貪り合い、アーシュが出ていったところでようやく一息つけた。

「……どうしましょう」

「何がだ？」

「祝賀会を抜け出してしまいました」

急に冷静になった頭で言うと、アーシュはけろりと「また戻ればいい」と言った。

「ですが……」

「まだ何かあるのか？」

額に貼《は》りついた前髪を搔《か》き上げてくれたアーシュに、ラナンは気弱な子どもになった心地で言う。

「……王様にいただいた素敵なお洋服が、僕とアーシュ様の精液でどろどろになってしまいました」

「……あー……」

二人とも粗相をした心境で落ち込むと、今度はそれが笑いに変わり、吹っ切れたように目を合わせた。

「このまま寝室へ行くか？」

「そうですね、こんなに汗をかいた姿では、もう祝賀会にも出られませんし。僕がいなくても、きっと皆さんは楽しくやってくださるでしょうし」

律儀なラナンまでこんなことを言い出したのは、勲章授与という緊張からやっと解放されたからかもしれない。

この後衣服を身に着け直しながら、ラナンは美しいビジューの刺繍《ししゅう》に飛び散った精液を、部屋にあった手拭いで拭《ふ》いた。

「もうこれは洗濯した方がいいな」

覗き込んできたアーシュの言葉に頷いたが、こんなに精液がこびりついた自分の服を誰かに見られたら、二人の関係がばれてしまうのではないかと急に心配になった。

このことをアーシュに相談すると、再び彼はけろりと言った。

「サラーンに頼め。あいつは俺たちが付き合っていることを知っているからな」

「………………は？」

聞かされた事実に固まっていると、こともなげにアーシュは話を続けた。

「お前を初めて抱いたキオスクのセッティングはサラーンにさせたし、誰も近づかないように見張りを手配したのもサラーンだ」

「はぁ⁉　あんなにも二人の関係は秘密だって言ったじゃないですか！」

「二人の関係を秘密にしておくには、協力者がいる。それがサラーンだっただけだ」

「そんなこと、言い訳にはなりませんっ！」

偶然だと思っていたキオスクでの初夜は、すべてアーシュとサラーンに仕組まれていたのだと憤慨したと同時に、二人の関係が彼に筒抜けだったと知って、ラナンは穴があったら、入りたい気持ちになったのだった。

子どもの成長とは早いもので、リクは先月四歳になった。

ということは、ラナンもリクもランディーナ王国へ来て一年経つわけで、月日の流れに少しばかり感慨深いものを覚える。

そしてランディーナ王国の王城で迎える二度目の夏は、海が輝き、また美しい季節になるだろうと、ラナンは心の底から晴れやかな気持ちでいた。

「ラナン様、この干しぶどうはいかがなさいますか？」

「ワインに漬けて戻すので、その器に入れておいてください」

「はい」

「ラナン様、竈《かまど》の温度を確認していただけますか？」

「わかりました、今行きます」

果物を洗っていた手を止め、ラナンは生徒に呼ばれて、慌ただしく調理室を行き来した。

今、ラナンは講師として菓子を教えている。

王城から少し行ったところにある古城を改築し、アーシュがラナン専用の調理室を作ってくれたのだ。しかも場所はリクが通う幼稚園のすぐそばだ。

「おかーさーん！」

「リク、おかえりなさい。ほら、手をよーく洗ってうがいもしてきなさい」

「はーい」

「リク様のお母様、こんにちは」

「こんにちは～」

「はい、こんにちは。今日も君たちは元気だね」

友達を数名引き連れ、トウマとともに幼稚園から古城へ直接やってきたリクに、ラナンはおかえりのキスをしてから、手を洗わせた。

もちろん彼らの目的は、ラナンの生徒たちが焼いている菓子を味見することだ。味見というより、おやつを食べに来ている……といった方が正しいだろう。

しかしリクと友人たちは、幼いがゆえに素直で、本当に美味しい菓子しか完食してくれない。ラナンが「あんまり美味しくないな」と思う菓子は、しっかり残していく。

（小さい子の舌は特に敏感だから。本当に美味しいと思うものしか、受けつけないんだなぁ）

そんな当たり前で、見落としがちなことに気づかされながら、ラナンも生徒たちも、今日の菓子こそは全部完食してもらおうと力が入る。小さなお菓子評価員を「美味い！」と唸《うな》らせるために、最高の菓子を作ろうと。

「今日も精が出るな」

「アーシュ様！　いらしてたんですか？」

「あぁ、海運省の帰りに寄った。腹が減ったんでな」

「アーシュ様までおやつをたかりに？」

「そうだ。俺を納得させるだけの菓子を振る舞ってくれよ。なんせ俺は、毎晩この国一の菓子職人である、ラナン・タ・アーイ公爵の菓子を食べているからな。そんじょそこらの菓子では納得しないぞ？」

思わず吹き出すと、片眉を上げてアーシュがニヤリと笑った。

「では、菓子が焼けるまで別室でお寛ぎください」

「わかった」

生徒たちは一般の家庭の出だ。

なんとか王室で唯一の菓子職人であるラナンのもとで勉強したいと、競争率の高い試験を受けて合格し、国内中から集まった夢多き若者だ。中には、馬車と徒歩で何日もかかる田舎から出てきた子もいる。

そんな生徒たちは、自国の王子が菓子教室に現れるだけで緊張してしまって、いつもの通り振る舞うことができなくなってしまう。

よってラナンは、しょっちゅう仕事の合間を縫ってやってくる彼専用の部屋を上階に設けた。忙しい彼に少しでも寛いでもらうためと、ちょっとでも生徒たちの緊張を取り除くために。

「ねぇ、おかーさん。今日は何を作るの？」

手を洗いうがいもし、いつの間にか服すら着替えていたリクに問われて、ラナンは彼と目線を合わせると微笑んだ。

「今日は西洋のお菓子を作ってみようと思うんだ。干しブドウがたっぷり入った『プディング』というものと、バターを使った『クッキー』を焼くよ」

「やった！　僕、クッキー大好き！」

「リク様、クッキーってなんですか？」

友人の一人に訊ねられ、リクは目を輝かせながら彼の方を向いた。

「クッキーはね、幸せの味がするんだよ。サクサクでバターのいい香りがして、甘いんだけどちょっとだけお塩の味がして。僕はチョコレートが入ってるクッキーが一番好き～」

「そうなのですか！　僕もクッキーを食べてみたいです！」

「僕も！」

友人たちは目を見合わせて微笑む。

その瞳は未知の味を想像して輝いていた。

トウマに小さなエプロンを着けてもらったリクは、まるで自分の城を案内するように、友人たちに調理器具や竈、鍋《なべ》やフライパンの説明を始めた。

「リク様も、将来はお菓子を作る道へ進むのでしょうか？」

最近では、そんなことをトウマに言わせるほど、リクは菓子を作ることも食べることも大好きだ。

彼が自分のような菓子職人になるとは思わないが、王子として公務をこなしながら、時折趣味で菓子を作り、周りの人に振る舞って、幸せをお裾分けできる子に成長してくれればいいと思う。

暖かな光が差し込む教壇に立ち、自ら菓子を作りながら生徒たちにプディングの作り方を教えていると、平和で穏やかな日々を切り裂くように、従者の男が突然飛び込んできた。

「ラ、ラナン様‼」

「どうしたのですか？　そんなに慌てて」

驚いたラナンと生徒たちは一斉に彼を見た。

すると従者は息を整え、大股でこちらへ近づいてくると、神妙な面持ちで耳打ちをした。

「あの……」

「えっ？　今なんて……？」

彼の言葉に、キャラメル色の瞳が大きく見開かれた。

「ですから、ラナン様の妹君だとおっしゃる方がいらして。『兄さんに会わせろ！』とエントランスで暴れており……」

すべてを彼が言い切る前に、突然調理室の扉が開かれた。

「!?」

それに驚いて振り返ると、両脇《りょうわき》を兵士に固められた女が黒髪を掻き上げ、ひどく不機嫌そうに口を開いた。

「――久しぶりね、兄さん」

荒々しく彼女が床に置いたトランクの音は、ギロチンが落ちる音とよく似ていた。

青天の霹靂《へきれき》とはまさにこのことだ。

ラナンは古城の応接室で、チャイを飲む妹の姿を信じられない気持ちで見つめていた。

それと同時に、愛しいリクと一緒にいたいがためについてきた嘘が、明るみに出るかもしれないという恐怖と直面していた。

「元気にしてた？　兄さん」

たいして感情のこもっていないカリナの言葉に、軽く首肯した。

「うん。リクが三カ月の時に、カリナが家を出ていったから。四年振りだね」

「何それ、さっそくの嫌味？」

鼻で笑うと、カリナは本題とばかりにカップをソーサーに置いた。

「こっちは生きていくだけで精いっぱいだったっていうのに……いつの間に兄さんは、公爵様になったの？　しかもランディーナ王国の国王と王子に可愛がられているっていう噂《うわさ》じゃない。本当に驚いたわ。どうやって取り入ったの？」

小馬鹿にするような笑みを浮かべながら、カリナはキャラメル色の瞳をこちらへ向けた。

彼女は昔から気が強い。

いざ口喧嘩となったら、おっとりしていて心優しいラナンは、カリナの『口撃』に太刀《たち》打《う》ちできなかった。

「だ、だけど僕もリクも苦労したんだ！　一年前まではカリナと同じように、余裕のない生活を送っていたんだよ！」

そう、リクの将来のために身売りを考えるほど、自分たちの生活は困窮していた。

「でも今は、人の息子の母親を騙《かた》り、大国の王族の一員になってるじゃない？　本来なら兄さんのいるべき場所は私の場所だわ」

核心を突かれ、ラナンは槍《やり》で心臓を刺されたようなショックを受けた。

(確かにそうだ……)

覚悟していたとはいえ、こうして事実を突きつけられると、想像以上の動揺がラナンを襲った。

自分が偽りの母親だということは、ずっとわかっていたことだ。

しかしリクを実子にしなければ、ここまで彼を守ることはできなかった。ともにランディーナ王国へ来ることも。

「ねぇ、内緒にしててあげてもいいわよ」

「何を？」

唐突なカリナの言葉に聞き返すと、再び鼻で笑われた。

「本当に兄さんって鈍臭いわね。考古学馬鹿っていうか、世間知らずっていうか……」

彼女から浴びせられる嘲《あざけ》りの言葉をおとなしく聞いていると、急に距離を詰められた。

「だからね、私がリクの本当の母親だってこと黙っててあげる。その代わり私をお城に入れてよ。国王と王子の寵愛《ちょうあい》を一身に受けているんだもの。兄さんには簡単でしょ？　妹を城に招き入れるぐらい」

「カリナ……」

ニヤッと笑った彼女の妖艶な顔は、悪女そのものだった。

この時ラナンは気づいた。

自分は、じつの妹に強請《ゆす》られているのだと。

大事なリクとの将来と引き換えに――。

カリナは数カ月前、侍女として働いていた隣国の男爵家で、ランディーナ王国の国王と王子から、寵愛を受けているオメガ性がいると聞いた。

その時は彼が自分の兄だとは露ほどにも思わなかったが、彼が連れている『リク』という金髪碧眼のアルファ性が四歳であること。そして王族初の菓子職人として勲章をもらい、公爵となったオメガ性が『ラナン』という名前であること。

また彼が、失った自分の姓『タ・アーイ』を復活させ、現在はタ・アーイ公爵と名乗っていることから、カリナはこの二人が自分の兄と息子だと確信した。

「――どう？　お兄様。このカフタン似合う？」

「うん、とっても似合ってるよ」

そうして働いていた城を飛び出すと、カリナは旅団に混ざって砂漠を越え、ランディーナ王国へ来たというのだ。

「ねぇ、これは？　このガーネットの耳飾りと首飾りは似合っている？」

「カリナの黒髪によく映えるね。まるであつらえたようだ」

「本当に？　嬉しい！　じゃあ、これをすべていただくわ」

もう何度呼び出されたわからない彼女の衣裳部屋で、ラナンはドレス商と宝石商のつけ払い台帳にサインをした。

カリナが後宮で暮らし出してもうすぐ四カ月になるが、彼女は一体どれだけ浪費しただろう。

ドレスの数は優に千を超え、宝石も目に留まったものを片っ端から購入していく。その上カリナは人の選《え》り好みが激しく、自分の行動や衝動に口出す者はクビにしたり、遠ざけたりした。

このあまりにも身勝手な振る舞いに、ラナンは何度も妹を窘《たしな》めた。

しかし、そのたびに「本当は私がリクの母親だって、国王様とアーシュ様にばらすわよ?」と脅され、今ではおとなしく彼女の買い物や、身勝手な振る舞いに付き合わされていた。

しかも調子の良い彼女は社交界の婦人たちに近づき、いつの間にか馴染《なじ》み、夜会で派手に遊ぶようになった。男友達も何名かいるようで、後宮に帰ってくるのは毎日明け方近い。

そんな奔放で傲慢《ごうまん》に振る舞う彼女を、よく思わない人間も多くいた。

初めてカリナが挨拶をした時以降、ハバットは彼女に会おうとしないし、サラーンはじめ、臣下の者たちも露骨に眉を顰《ひそ》める時がある。

「自分が本当の母親だ」とラナンを脅すくせに、カリナはリクを邪険に扱うので、彼も懐くはずもなく、穏やかだった後宮の空気はピリピリしたものに変わっていった。

「カリナ、今夜も遊びに行くの？」

「そうよ。私ね、新しい彼ができたの。二十歳も年上だけど、なんでも我が儘を聞いてくれるのよ。優しい侯爵様だわ」

「侯爵様？」

大きな姿見の前で、購入したばかりの深紅のカフタンを身に着けながら、カリナはさも自慢げに話した。けれども、その侯爵の名前が挙がった途端に侍女たちが複雑な顔をしたので、どうやら良い噂の人物ではないようだ。

「ねぇ、今夜はリクのお友達を集めて読書会をするんだ。よかったらカリナも子どもたちに絵本を読んであげてよ」

「嫌よ、そんな面倒臭いこと。私は子どもが大嫌いなの。兄さんだって知っているでしょ」

「でも、カリナは少し遊びすぎだよ。だから今夜ぐらいはおとなしく子どもたちと……」

「もう、うるさい！　これ以上私に指図するなら、兄さんが後宮にいられないようにするわよ！」

「カリナ……」

「夜会へ行く準備を始めなきゃいけないから、兄さんは部屋を出ていって！」

怒鳴った彼女にため息を一つ残すと、ラナンは素直に部屋を出た。しかし、その足取りは重い。

（カリナは自分の身勝手さに、いつ気づくのかな？）

この状況にアーシュは何も言わないが、彼女の浪費癖や傲慢さに、なんとも思っていないわけがない。

しかもカリナが後宮に住むようになってから、二人の関係がばれないよう、アーシュはあまりラナンの部屋を訪れなくなっていた。

これはお互い納得の上のことだが、それでも大好きなアーシュと一緒にいられない夜は寂しい。

リクが眠ってから、隣室で愛し合うようになったアーシュは、いつの間にか二人と同じベッドで眠るようになっていた。だから、三人で寝ていたベッドがひどく広くて、寒々しいものに日々感じる。

「おかーさん、ただいま～！」

「リク、お帰りなさい」

トウマとともに、幼稚園から後宮に帰ってきたリクは今日も元気だ。

廊下の端から母親の姿を見つけると、全速力で走ってくる。

無邪気で可愛くて、すくすくと素直に成長してくれているリクは、カリナのことで鬱々《うつうつ》とする心を、いつも明るくさせてくれた。

決して失うことのできない大切な存在だ。そう思って見つめていると、くりくりっとした瞳に見つめ返された。

「おかーさん、どうしたの？　眉毛が下がって、困ったお顔になってるよ？」

「えっ？」

抱き上げたリクに指摘され、ラナンは無理やり笑みを浮かべた。

「なんでもないよ、大丈夫。今日はお菓子教室がない日だから、お城の調理室でアッシュルバルバルを作ろうか」

「本当に！　僕、おかーさんのアッシュルバルバル大好き！　この間ね、お友達のお家でおやつに食べたの。でもね、やっぱりおかーさんが作るアッシュルバルバルが一番美味しいと思ったの！」

「嬉しいなぁ。じゃあ、今日も張り切って作らなくちゃね！」

「うん！　僕もお手伝いする～」

「ありがとう」

ふわふわの頬っぺたに自分の頬を寄せてぐりぐり擦りつけると、リクは「きゃー」と声を上げながら、くすぐったそうな仕草をした。

彼の明るい笑い声が、今の自分には必要だ。

心の底からリクを愛おしいと思う。

そして、何より自分を元気づけ、強くさせてくれるのは彼の笑顔だ。

もちろん彼だけでなく、アーシュの笑い声も笑顔も大好きだ。

だから三人でベッドに転がりながら童話集を読み、笑ったり、ハラハラしたり、話の結末はどうなるのかとドキドキしながら、楽しむあの時間が早く帰ってくればいいと思う。

そう考えて、再びリクに微笑んだ時だった。

「あんたなんかクビよ！　この部屋から出ていきなさい！」

カリナの金切り声が突然響いて、一人の侍女が泣きながら部屋から追い出された。

これを目の当たりにして、リクは顔を青くさせて怯《おび》えていた。「カリナは本当に怖い叔《お》母《ば》さんだね……」と。

（子育てにも、この環境はよくないな……）

キリリッと胃が痛むのを感じながら、ラナンは深い深いため息をついたのだった。

「……旅行、ですか？」

「あぁ。来週から半月休みを取った。リクを連れて船旅に出ないか？」

提案されたのは、その日の夕食後だった。

ランディアーナ王族は血の繋がりを大事にするので、家族で食事をするのが当たり前だ。よってカリナも王位継承権第二位のリクの叔母として、食卓につく。

すると彼女は得意のおしゃべりを始め、あることないことを言い、この場でも自分が話題の中心になろうとした。

最初はラナンの妹だからと、カリナに良くしてくれていたアーシュだが、最近は侯爵という恋人がいるにもかかわらず、自分に色目を使って取り入ろうとしてくるカリナに、呆れている様子だった。

アーシュにも迷惑をかけ、嫌な思いをさせてしまい、本当に申し訳ないと思う。

「はぁー……」

ため息をつき、髪を掻き上げながら重たい足取りで部屋へ戻ろうと歩いていた時だった。

突然人気のない部屋から腕が伸びてきて、強い力で中へと引き込まれた。

（な、何!?）

驚いて大声を出そうとしたら口元を押さえられ、ラナンはなかばパニックになる。

しかし、薄暗いランプの光の中で目を凝らすと、そこにはアーシュがいた。

「ア、アーシュ様」

小声で呼ぶと、やっと彼は手を放してくれた。

「すまない。少し乱暴なやり方だったが、こうでもしないと二人きりで話もできないからな」

彼もカリナが来てから、すっかり変わってしまった城の空気を感じているのだろう。まるで密会を重ねる恋人のような、切ない眼差しでラナンを見た。

「本当にごめんなさい。カリナがお城にやってきたばかりに、こんな窮屈なことになってしまって……」

「何も気にすることはない。カリナはラナンの大事な妹なのだろう？　それならば俺にとっても妹同然。大事にするさ」

「でも……」

なおもそう言ってくれる彼に、心が痛む。

我が妹ながらここまで周囲に迷惑をかけ、それを止めることができない自分の不甲斐《ふがい》なさにもラナンは落ち込んだ。

すると再びアーシュの腕が伸びてきて、今度は優しく抱き締められた。

そして耳元で訊《き》かれたのだ。「三人で船旅に行かないか？」と。

「船旅なんて、素敵ですね！」

アーシュの提案に、自分でも目が輝いていることがわかった。

あの青い大海原に船に乗って出ていくことができるとは、なんて素敵なことだろう！

これまで波打ち際で遊んだことはあっても、海に出たことのなかったラナンは、心がワクワク躍った。しかも、大好きなリクとアーシュと一緒に行けるのだ。こんなに楽しくて幸せなことがあるだろうか？

「行きます！　絶対行きたいです！」

自分を離してくれた彼に前のめりに答えると、アーシュは少年のような笑みを浮かべて喜んでくれた。

「そう言ってくれると思っていたが、やはり実際に喜んでくれると嬉しいものだな。仕事を前倒しにして頑張った甲斐があったというものだ」

「お仕事を、前倒しにされたんですか？」

「あぁ、最近はお前と一緒にいられる時間が減ってしまったからな。その時間を仕事に充てていたんだ」

「アーシュ様……」

「なぁ、ラナン」

「はい」

胸をじんっと熱くさせていると、表情を引き締めた彼に真摯《しんし》な眼差しで見つめられる。

「俺と結婚しないか？」

「……………えっ」

唐突なアーシュのプロポーズに、ラナンの思考が一瞬停止した。

「で、ですが。僕はダーシャ様の……っ」

「わかっている。お前はダーシャの妻だ。しかし、もうこれ以上二人の関係を内緒にしていくなんて無理だ。どんな醜聞が世の中に流れても構わない。俺が絶対にラナンとリクを守るから、俺と結婚してくれないか？」

「アーシュ様」

いつかは自分もアーシュと結婚したいと思っていた。

その瞬間を何度も何度も頭の中で反芻《はんすう》し、きっと彼に求婚されたら、泣いてしまうほど嬉しいに違いないと夢に見ていた。

しかし今は嬉しさよりも、動揺の方が勝っていた。

「どうした？　すぐに答えはくれないのか？」

「いえ！　でも……」

そう、ダーシャのことだけではない。今はカリナがいる。

もし自分たちが結婚すると言ったら、彼女は恵まれた立場に立った自分に嫉妬して、すべてをハバットとアーシュにばらすかもしれない。

自分がリクの本当の母親だと。

ラナンは偽りの母親だと。

（ばらされたらきっと、アーシュ様は自分を騙していた僕をお許しにならないだろうな）

そのことが頭を埋め尽くして、ラナンは素直に首を縦に振れないでいた。

「もしや俺の想いは一方通行で、お前は俺のことを愛していないのか？」

「そんなことは……っ！」

不安に瞳を揺らすアーシュに、ラナンは慌てて首を横に振った。

（もし、僕が偽りの母親だと知っても、アーシュ様は僕を愛してくださるだろうか……？）

熱い眼差しで見つめ返すと再び抱き締められて、深く口づけられた。

こんな情熱的なキスは久しぶりだった。

ラナンは心の底から嬉しくて、そして切なくて。
アーシュの金色の髪を混ぜるように抱き締めながら、目頭が熱くなった。
このまま時が止まってしまえばいいと。
本当のことを、彼にすべて打ち明けることができればいいと……。

アーシュとラナンとリクの旅行は、秘密裏に進められた。

それはサラーンとトウマが提案してくれたもので、きっと嫉妬深いカリナが三人だけでバカンスに行くと知ったら、「自分も行く！」と言い出し、三人がゆっくり船旅を楽しめないと気を使ってくれたのだ。

そのおかげもあって、三人の旅の準備は順調に進み、まるで夜逃げのような体で船に乗り込み、半月のバカンスに出かけた。

ラナンは、この旅に行ってよかったと本当に思った。

近隣国を回り、異文化に触れ、素敵な思い出をアーシュとリクとたくさん作ることができたのだから。

しかし三人が船旅を終え城に戻ってくると、そこは棘《とげ》だらけの蔦《つた》が絡まる、魔城のような雰囲気を漂わせていた。

二人の侍女に手伝ってもらいながら荷解きをし、ラナンは気心が知れた彼女たちに異様な雰囲気の理由を訊いた。

「なんか……空気がすっごく重いんだけど。僕たちが旅行に行ってる間に何かあったの？」

「それが……」

侍女たちは目を見合わせると、突然部屋の扉と窓を閉め、ラナンを最奥のソファーに座らせた。そして囁くような小声で話を始める。

「あの……王位を継ぐ者が持つとされる、イエローゴールドの指輪をご存知ですか？」

「うん」

よく知っている。リクの実父であるダーシャが、別れる時にカリナに渡していったものだ。そして、それをカリナから預かったラナンは、この城へ来るまで大事に鍵のかかる引き出しにしまっていた。城へ来てからは、確か宝物室に保管されているはずだ。

「その指輪がどうかしたの？」

再び黙り込んでしまった侍女たちに先を促すと、赤毛の侍女が口を開いた。

「一週間前に行われた宝物室の清掃の時に、ダーシャ様が身に着けていらっしゃった指輪がなくなっていることに、サラーン様が気づかれて……」

「でも、これは内緒にしておくようにと、固く従者も言われていたんです」

「だけど、どこからかこの話が漏れて……カリナ様のお耳に入ってしまって……」

「そうしたら……ね？」

「うん……」

再び目配せし合うと、ブルネットの侍女が意を決したように口を開いた。

「犯人はラナン様に違いないと。なぜなら私からリク様とイエローダイヤモンドの指輪を奪って、行方をくらましたのはラナン様だから、あの指輪がまた欲しくなって盗んだに違いないと」

「えっ⁉」

「もちろん私たちはラナン様を信じております！　大きな声では言えませんが、カリナ様の方が嘘をつかれていると思っております」

「だって、ねぇ……リク様に対するカリナ様のご様子は、どう見ても母親のものではございませんわ」

「…………」

ラナンは、すーっと血の気が引いていくのがわかった。ソファーに座っているのに視界がぐるぐると回って、呼吸が苦しくなる。

「ラナン様、大丈夫でございますか？」

「お顔の色が悪いですわ！　すぐにお医者様を……」

「へ、平気だよ……心配……しないで」

それだけ言うのが精いっぱいで、動揺から過呼吸に陥ったラナンは、そのまま意識を失って、床の上に倒れたのだった。

目を覚ますと、ラナンはベッドの上にいた。

光が落とされた淡いランプのもと、医者と看護師が部屋から出ていくのが見えた。

隣には泣き腫《は》らして目元を赤くしたリクが、疲れたように眠っていた。そして逆隣のベッドの縁には、アーシュが足を組んで座っている。

「具合はどうだ？　ラナン」

「……はい、もう大丈夫です。ご心配をおかけしました」

「まったくだ。心配したなんてものじゃないぞ？　リクなんて『おかーさんが死んじゃう』と泣きすぎて、今さっき眠りに落ちたところだ」

「そうでしたか……」

幼い彼にこんなにも心配させて、自分は母親失格だと思った。

いや、伯父《おじ》失格だ。

自分は、リクの本当の母ではないのだから。

「あの、アーシュ様……」

「なんだ？」

優しく髪を撫でられて、穏やかな眼差しを向けられた。

「ダーシャ様の、イエローダイヤモンドの指輪のことなのですが……」

「あぁ、そのことか。指輪のことはいい。とりあえず今はゆっくりと休め」

「ですが……」

「お前が犯人ではないと、俺が一番よく知っている」

「どうしてですか？」

「どうしてって」

不思議に思って問いかけると、アーシュはベッドの隣に横になった。

「もし、そんなにまでしてイエローダイヤモンドの指輪が欲しいのなら、何重にも鍵がかかった厳重な宝物室に忍び込むより、俺の指から抜き取った方が早い」

「あ……」

そう言いながら右手の中指に嵌《は》まった指輪をかざして見せながら、アーシュは小さく笑った。

「だから犯人はほかにいる。あの宝物室から宝を盗むのは相当至難の業だが、きっと盗むことができた人間がいるはずだ。それを今、内密に調べている」

「そうですか」

　ほっと息をつき、ラナンは目を閉じた。早くダーシャの遺品である指輪が見つかればいいと。

「しかし、もう一つの噂は確かめておかねばならないと思ってな」

「もう一つの噂……ですか？」

「あぁ、お前がリクの母親ではないという噂だ」

「!?」

落ち着いていた鼓動が再び大きく鳴り出し、ラナンは胸を押さえて身体を折った。

「おい、大丈夫か!?　申し訳なかった、今訊くべきことではなかったな。落ち着け、ラナン。ゆっくりと息を吸って……吐いて……そう、いい子だ」

震える身体を大きな胸に包まれて、ラナンの乱れた呼吸は少しずつ整っていく。

「本当にすまなかった。今はゆっくり寝ろ。今夜は俺もここにいるから」

「アーシュ様……」

（ごめんなさい。本当にごめんなさい……）

ラナンはアーシュの胸に縋《すが》ると、知られないように涙を零した。

いつかリクと本当の親子ではない……と知られる日が来ると怯えながらも、その覚悟がラナンにはまったくできていなかったのだった。

指輪を盗んだ犯人捜しは行われていた。

しかし、王位継承権第二位であるリクの本当の母親はラナンなのか？　それとも突然やってきた叔母のカリナなのか？　城の内外でみな噂を始めた。

中にはラナンが母親だと信じている……と言う者もいれば、きっとラナンとカリナでダーシャを取り合い、どちらかに子を産ませたに違いない！　など、面白おかしく言う者もいた。

中には、少数であったがカリナの言うことを信じ、手のひらを返したようにラナンを批判し始める輩《やから》もおり、あまりにも目立ってラナンを侮辱した者は、静かにハバットに粛清されていた。

後宮の窓から中庭を眺めていると、初老の庭師が秋に咲くだろう薔薇《ばら》の手入れをしていた。

その穏やかで確かな仕事ぶりを眺めながら、ラナンはぼんやりと考え込んでいた——あんなにも居心地のいい城だったのに、今ではどこに敵が潜むかわからない、居心地の悪い城になってしまったな……と。

アーシュによって箝口令《かんこうれい》が敷かれてからというもの、城内でも後宮でも、リクの本当の母親が誰なのかという話はぴたりと止《や》んだが、陰ではこの話題で持ち切りなことぐらい、察しの悪いラナンでもわかっていた。

「おかーさん、絵本読んで！」

幼稚園が夏季休暇のリクは、いつも一緒に遊んでいる臣下の子どもを連れて、後宮の部屋までやってきた。

「いいよ。今日は何を読もうか？」

「これがいいの！」

「『ランディアーナの虎《とら》』？」

「うん、さっき図書室で遊んでたら見つけたんだ。司書さんに持っていってもいい？　って訊いたら、いいよって言われたから」

「そう」

リクの手には、ずいぶんと古い絵本があった。それを受け取り長椅子に座ると、リクが友達と一緒に横に腰を下ろした。

ラナンは初めて見る絵本をぱらぱらと捲った。奥付を見れば、五十年も前の絵本だった。

「すごいな。こんなに古い絵本が現役で読めるなんて」

城の図書室は、なんと管理が良いのだろう、と感心しながら、ラナンは一行目を読み出した。

「『それは、燃えるような赤々とした月が、空に昇った夜のことでございます』……」

絵本の内容はこうだ。

赤い月が昇った夜に、ランディーナ王国に一人の王子が生まれた。

王子は虎の頭に人間の身体をし、それはそれは逞《たくま》しく勇敢で、聡《さと》い青年だった。しかし彼は虎の頭ゆえ、人間の言葉を話すことができない。

いつか人間の言葉が話せるようになりたいと思っていた王子の願いを、神は聞いてくれる。しかし、人間の言葉を話すには三つの約束が必要だった。

「『一つ目は獣の肉を決して食べないこと。二つ目は決して人を殺《あや》めないこと。そして三つ目は、真実のみを口にすること』……」

王子は悪魔の誘いに乗ることなく、一つ目と二つ目の約束は守ることができた。しかし愛する人を守るため、三つ目の約束を守ることができず、嘘をついて虎の頭に戻されてしまう。

「『王子は妻のため、庭になった黄金のザクロがどこにあるのか、知らないと言いました。するととたんに人間の言葉が話せなくなってしまったのです』」

結局黄金のザクロは、王子と妻の間にできた子が持って生まれてくるのだが、黄金のザクロを食べてしまったことがばれた妻は、王子の前で処刑されてしまう。なぜなら黄金のザクロとは神そのものだったからだ。

「黄金のザクロは、神様が変身したものだったの？」

難しい顔をしたリクの問いに、ラナンは自身の考古学的見解をもって説明した。

「確かに、昔は黄金に輝くものには神様が宿っているとされ、大事にされたんだ。ここでは黄金のザクロは、神様が姿を変えた特別なものとして書かれているけど……早い話が、『嘘をついてはいけないよ』というお話だね」

「そうなんだぁ……ねぇ、おかーさん。なんで泣いてるの？」

「えっ？」

小首を傾げたリクに、初めて自分が涙を流していることにラナンは気づいた。

優しい子なのだろう。臣下の子どもがテーブルに置かれていたハンカチを持ってきてくれる。

「ありがとう。お母さん、どうしちゃったんだろうね。突然泣くなんて、赤ちゃんみたいだね」

笑いながらごまかしたけれど、小さな彼らは心配そうにこちらを見つめていた。そしてリクが友達に耳打ちすると、二人は何も言わずに部屋を出ていってしまう。

（こんな情緒不安定な母親は、嫌われちゃったかな……）

「母親か……」

呟いた途端、さらに涙が溢れて、ラナンは自分が思っていた以上に追い詰められていることに気づいた。そして声を殺して泣いていると、リクと友人はアーシュを連れてきた。

「アーシュ、おかーさんのこと『いい子いい子』してあげて。そしたらおかーさんはほっとして、悲しい気持ちじゃなくなると思うの」

今にも自分が泣き出しそうなリクの言葉に、アーシュは優しく頷くと、ラナンを強く抱き締めてくれた。

そうして耳元で囁いた。

「お前を守ってやることができない自分の非力さを、本当に恨む」と――。

衝動的に城を飛び出したのは、その日の夜だった。

古ぼけたトランクを衣裳部屋から引っ張り出し、中に入っていた服とスカーフを取り出した。

それは城に来る前、市民として暮らしていた時に身に着けていたものだ。懐かしくも質素な上着に腕を通し、継ぎ接《は》ぎだらけの下衣に足を入れる。そうして髪と顔を半分隠すと、まるで小間使いの男に見えた。

（よし……と）

ラナンは周囲を見回してから、ベッドの縁に腰かけた。

今日はラナンが突然泣き出したからと、一緒に眠ってくれている優しいアーシュにキスをした。

彼は一瞬くすぐったそうな顔をしたけれど、目を覚ますことなく寝息を立てている。きっと眠る前に、安眠作用があるハーブティーを飲ませたのが功を奏したのだろう。

そして何よりも愛しい『息子』の髪を撫でてから、その柔らかな頬にキスをした。

「リク、幸せになってね」

机の上には、すべてをしたためた手紙がある。

自分は偽りの母親であったこと。

リクの本当の母親はカリナであること。

どうして自分が母親として、リクを育てることになったのか。

そして、どういう気持ちでずっといたのかも。

『もう自分にも、周囲にも。そして一番大好きなアーシュ様にも、嘘をつくことに疲れました。何より一番大事なリクには、こんな嘘つきの母親はふさわしくない。今日「ランディアーナの虎」という絵本を読んで、痛感いたしました』

便箋《びんせん》を何度も何度も涙で濡らしながら、ラナンはなんとか最後まで手紙を書き上げた。

今一番望むのは、リクとアーシュの幸せだ。

最初はリクも寂しがるかもしれないが、何よりも子育てに長《た》けているトウマがそばにいる。

アーシュも悲しがってくれるかもしれないが、彼は良い男だ。きっとすぐに素敵な相手を見つけて、結婚するだろう。

没落した貴族の出である自分は、勲章をもらっても、やはり没落した家の人間だ。アーシュには、もっとふさわしい相手がたくさんいる。ランディーナ王国の社交界を見て、ラナンはそう思った。

部屋を出て、使用人専用の通路を歩いて、城の外に出た。

途中、何人か従者や侍女とすれ違ったが、粗末な格好をして顔を隠しているラナンに、誰も気がつかなかった。

街に出ると一晩中開いている飲食店から、賑《にぎ》やかで明るい笑い声が漏れてくる。

その前には乗合馬車の停留所があり、ラナンは紛れ込むようにして乗り込んだ。

馬車は王都の隣の街まで行くという。

ガタガタと揺れる車内から、ラナンは城がどんどん遠くなっていくのを、不思議な気持ちで眺めていた。まだリクとアーシュと永遠に会えなくなるという実感が、湧《わ》いていなかったからかもしれない。

明け方には馬車を乗り継いで、王都から離れた田舎町へ来た。

広大な小麦畑が広がる中、足を失って途方に暮れていると、立派な髭を生やした老人が乗る荷台馬車が通りがかり、運よくそれに拾われた。

「――王都は今、大変らしいぞ」

「えっ？」

老人の隣に座り、どこまでも続く田畑を眺めていた時だった。

思い出したように彼は口を開き、今さっき自分の家に兵士がやってきたことを教えてくれた。

「お宅に兵士が来たんですか？」

「あぁ。なんでも王族の菓子職人様がいなくなったとかで、王様も王子様も血眼になって探しているらしい」

「そう……なんですか」

ほんの数時間前に城を出てきたばかりなのに、追手がすぐそこまでやってきていることに、ラナンは焦りと戸惑いを感じた。

そうして村の外れで降ろしてもらい、老人に礼を言うと、ラナンは国境を目指して歩き出した。

（関所のない道を歩かなくちゃな……）

持ってきた地図を懐から出し、人気のない道を歩くことにした。

関所も人気もないということは、それだけ危険が伴う。盗賊に狙われるか、野生の動物に襲われるか。そんな恐怖が常にあったが、行先も決まっていない身だ。最悪命がどうなってもいいという、自暴自棄な気持ちもあった。

自分の背丈ほどもある草をかき分け、獣道を歩く。

時折細い枝や硬い葉先が肌に当たり、細かい切り傷がいくつもできた。

そうして視界の広い場所に出た頃には夕焼けも濃くなり、ラナンはここで野宿することを決めた。

野宿なんて生まれて初めての経験で、何をどうすればいいのかわからない。しかしヤスミンの冒険の中で、彼女の飼い主が野宿した際、焚火《たきび》をしていた件《くだり》を思い出し、とりあえず火を熾《おこ》してその向かいに腰を下ろした。

「はぁ……」

することもなく、揺れる炎をぼんやりと見つめた。

昨夜から何も食べていないことに今さら気づいたが、不思議と食欲もなく、このまま飢え死にしてしまっても後悔しないとさえ思った。

その時だ。

「誰っ!?」

背後からガサガサと草をかき分ける音がして、ラナンはあとずさった。

野生の動物ならいいが、もし兵士だったら城に連れ戻されてしまう。

そう思って、逃げようとした時だ。

「おい、こいつオメガ性じゃないのか？」

「本当だ！　こんだけ見た目がいいなら間違いねぇ！　今日はついてるぜ」

見るからに荒くれ者といった男たちが近づいてきて、ごくりと唾《つば》を飲んだ。

（この人たち……盗賊だ！）

彼らの風貌からそう察したが、あっという間に前後を囲まれてしまい、逃げる隙《すき》も失ってしまった。

（どうしよう！）

お世辞にも腕が立つとはいえないラナンは、彼らの格好の獲物だろう。それこそ売春宿や奴隷商に突き出されれば、珍しいオメガ性の自分は高く売れる。

リクやアーシュに会えないこの世に未練はないが、この期に及んで娼夫《しょうふ》や奴隷になりたいとも思わなかった。

「おい、お前ら！　獲物はいたか？」

「へい、お頭！　こんなところにオメガ性がいますぜ！」

「オメガ性だと？」

いやらしく笑った男の呼びかけに、熊のように大きな男がぬっと現れた。

「ん……？　お前、どっかで……」

ラナンは男の顔に見覚えがあった。

大男もラナンに見覚えがあるらしい。

「確かお前は……ランディアーナ王族の、キャラバンにいたオメガ性じゃないのか？」

「そ……そうです……」

怯えながらも素直に認めると、大男はブーツで草木を踏みつけながら近づいてきた。

「なんでこんなところにいるんだ？　お前は王族じゃないのか？　そんなにみすぼらしい格好をして」

「えーっと……」

一度は顔を合わせた気安さからか。妙に親しげに話しかけてきた男……ムルタ一族のガルトは、真っ黒な瞳でこちらをじっと見た。

「その……僕は王族ではありません。僕の甥は王族なので、母親代わりに一緒にキャラバンにいましたが……じつの母親である妹が帰ってきたので」

「それで、あの鼻持ちならない王子に捨てられたのか？」

「違います！　アーシュ様はそのような方ではありません！」

慌てて否定すると、ガルトは豪快に笑った。

「まぁ、いい。あの王子が人でなしであろうとなかろうと、俺には関係ない。それより俺はお前に興味がある。希少なオメガ性の男だ。そうそう手放す気はないぞ」

そう言ったのと同時に、グローブのような大きな手で手首を摑まれ、ラナンは恐怖から身動きが取れなくなった。

「まずは、今宵の酌をしてもらおうか？　美しいオメガ性」


森の中の開けた場所に連れてこられたラナンは、その穏やかな賑わいに目を見張った。

「ここは……？」

「俺たちの根城だ」

大きなゲルがいくつか建てられ、子どもたちが遊び、鶏が放し飼いにされた様子に、ラナンはここが小さな村に見えた。しかも夕飯時ということもあって、女性たちが焚火を使って煮炊きする様子は牧歌的ですらあって、郷愁を覚える。

「おとーさん、おかえりなさーい！」

ガルトと同じ色の髪を二つに結った少女が駆けてきて、どんっとぶつかるように彼の足に抱きついた。するとガルトは、驚くほど優しく目を細めて彼女を抱き上げた。

「ただいま！　ちゃんとかーちゃんの手伝いはしてたか？」

「してたよぉ」

年はリクと同じぐらいだろうか？　少女は一瞬ラナンの方を見ると、すぐにぷいっと顔を背けて、父親の首に抱きついた。

「なんだ？　ミーア。お前、このオメガ性を見て照れてるのか？」

「照れてないもん！」

「こんばんは、ミーアちゃん。おさげがよく似合うね」

声をかけたのは無意識だった。リクと同じくらいの子を見ると構ってしまうのは、息をするのと同じぐらい自然だ。これまで培われてきた母性がそうさせるのだろう。

ラナンは自分の名前を彼女に教えると、決して怪しい者でないと告げた。するとミーアも少し安心したのか、そろりとラナンの方を見た。

「本当に……私のおとーさんを捕まえたりしない？」

「しないよ、大丈夫」

「捕まえる……か」

苦笑したガルトは、自分が盗賊であることを娘になんと説明しているのだろう？　彼の胸中も複雑なのかもしれない。

そう思ったら、ラナンは急にガルトが怖い存在ではない気がして、同じ子どもを育てる親として、親近感を持った。

このあと、ミーアは友達の輪へと走っていき、それを見届けると、ガルトに促されて丸太のベンチに腰を下ろした。すると彼はどこからか酒の入った瓶と、コップを持って隣に座った。

「さぁ、酌をしてもらおうか。ラナン」

「……はい」

縛られたりしていないので実感はないが、それでも自分は囚《とら》われの身だ。ラナンはガルトに言われた通り、おとなしく彼のコップにお酌した。

「――で、お前は鼻持ちならないあの王子に惚《ほ》れてたのか？」

「は？」

一気に酒を飲み干したガルトにニヤリと訊ねられ、ラナンの顔は真っ赤になった。

「ど、どうしてそんな……！」

「じゃなきゃ本当の母親だった妹が現れて、なんでお前が城を出なきゃならない？　これまで甥っ子を育ててたのはお前みたいじゃないか？」

「そうなんですが……」

この時、ラナンは誰かに話を聞いてもらいたかったのかもしれない。売春宿や奴隷商に売られてしまう前に、幸せだった自分の日々を誰かに聞かせたかったのかもしれない。

気がつくと、ラナンは自分が生まれた家のことから、カリナのこと、そしてどうして自分が偽りの母親となってランディーナ王国へ来たのかを、ガルトにすべて話していた。

「やっぱり、お前はあの王子に惚れてたんだな」

「はい」

すべてを話し終えた頃には日も沈み、温かいスープとパンが振る舞われた。ガルトの妻が作ったスープは優しい味がして、心にも身体にも染み渡った。

「お前のことはよくわかった。けどな、リクってガキにとってはあんたが母親だと思うぜ。それにな『迷惑をかけたくない』なんて水臭い理由で、好きな男に逃げられてみろ。一生のトラウマもんだぞ。あの王子にも同情したくなる」

「そういうものですか？」

「そういうもんだ」

ガルトは腕を組んでしばらく考え込むと、突然ガバッと立ち上がった。

「よし、決めた」

「決めたって、何をですか？」

「俺はあの王子に借りがある。砂漠での夜、王子は俺を殺そうと思えばできたのに、それをしなかった。だから今もこうして仲間や家族のところにいられる。だから今度は俺があいつに貸しを作る番だ」

「えっ？　……って、うわぁ！」

ガルトはそう言うと、ラナンを軽々と肩に担ぎ上げた。

「ちょ……下ろしてください！」

とうとう自分は売られるのかと思い暴れると、尻を一つ叩《たた》かれる。

「うるさい、黙ってろ。お前を城に送り届けてやる」

「はぁ？」

ガルトが何を言い出したのかわからないまま、ラナンは彼の愛馬らしい大きな馬の背中に乗せられた。

「待ってください！　僕はお城に帰るつもりは……っ！」

「うるさい。黙ってないと舌を噛むぞ」

ラナンの言葉など意にも介さず、ガルトは自身も跨《また》がると馬の脇腹を蹴《け》った。

馬は風のような速さで走った。ラナンが一生懸命歩いてきた距離など、一瞬で駆け抜けてしまう。

そうしてラナンが今日通った村の関所に着くと、ガルトは馬から下りた。

「なんだぁ？　もう王子様の登場かぁ？　つまんねぇなぁ！」

からかうように彼が声を上げると、検問の手前にいた一団がこちらを振り返った。すると松明《たいまつ》を手にした何十という兵士の真ん中に、アーシュがいたのだ。

「ア、アーシュ様!?」

「ラナン!?」

驚きに目を見張った彼は、次の瞬間刀を抜いていた。

「ムルタ一族のガルト！　おとなしくラナンをこちらに渡せ！」

躊躇《ためら》うことなくガルトに切りかかろうとしたアーシュに、ラナンは慌てて口を開いた。

「待って！　ガルトさんを切らないで！」

ガキンッと金属のぶつかる音をさせて目の前で刃《やいば》を交えた二人に、ラナンは青ざめながら馬を下りた。

「やめて！　アーシュ様！」

無我夢中で止めに入ると、怒りに目の色を変えたアーシュが叫んだ。

「なぜ庇《かば》う！　こいつはお前を攫《さら》って……っ！」

「違うんです！　ガルトさんは僕の話をいろいろ聞いてくれて……その上で、城に送り届けてくれるところだったんです！」

「はぁ？」

この言葉にガルトと距離を取ったアーシュは、理解できないという顔をした。それもそうだろう。盗みが生業《なりわい》の盗賊が、捕らえた獲物をもとのところに戻すというのだから。

ぽかんと口を開けたままのアーシュを見たガルトは、刀を納めながら大声で笑った。

「おい、間抜け面の王子！　恋人が逃げてさぞや寂しかっただろう？」

「なんだとっ！」

怒りに油を注ぐようにわざと意地悪く言ったガルトに、ラナンも「めっ！」と眉を吊り上げる。

「ガルトさんは黙っててください！　だからその……僕はガルトさんに、お城へ強制的に帰される途中だったんです」

深夜、自分が城を出てからこれまでの流れをざっと話すと、アーシュは警戒心を解かないまでも刀を鞘《さや》にしまった。

「これで貸し借りはなしだな、ガルト」

盗賊に、恋人を探し出してもらったことが悔しかったのだろう。アーシュは拗《す》ねた子どものようにつっけんどんに言うと、もう二度と離さないとばかりにラナンの肩を強く抱いた。

「じゃあな、王子様。またラナンに逃げられないように、せいぜい頑張れよ」

悔しげなアーシュの表情を見て満足したのか。ガルトはニヤリと口角を上げると、大馬に跨り、根城へと帰っていった。

その大きな背中を見送っていると、肩にあったアーシュの腕が背中に回り、ぎゅっと強く抱き締められた。

「お前は……なぜ城を出ていったんだ？」

抱き締める強さとは裏腹に、泣き出しそうな弱々しい声で訊ねられ、ラナンは驚きと戸惑いを隠せなかった。

「ご、ごめんなさい……でも僕は、お手紙に書いたようにリクの本当の母親ではありません。アーシュ様をずっと騙していました」

「その程度で、俺がお前を嫌いになるとでも思ったか？　事情も聞かずにお前を罵《ののし》るとでも？」

さらに頼りなくなった声に、自分の浅はかな行動で、彼を深く傷つけてしまったことに気づいた。もちろん、二度と城には戻らない覚悟で出てきたのだが、残された者がどれだけ傷つくかなんて、ラナンは深く考えなかった。身勝手だった。

「ごめんなさい……ですが、アーシュ様を騙していることが辛《つら》くて。リクにも本当のことが言えなくて……僕は、罪の意識に押し潰《つぶ》されてしまいそうで……」

視界が滲んで、これ以上言葉にしたら泣いてしまいそうだった。

「お前は何ひとつ間違っていない。目の前で自分の甥が母親に捨てられたら、誰だって育てるだろう。関所を通るために偽りの母親となったことも十分理解できる。そして何より、お前はじつの母親よりリクを愛し、立派に育ててきたじゃないか」

「アーシュ様……」

「お前は何も罪など犯していない。自分を責めることもない」

「あっ……」

多くの兵士が松明を持つ中、アーシュはなんの躊躇いもなくラナンの唇を奪った。

「い、いけません！　こんなところで……」

慌てて離れると、再び強く抱き締められた。

「何がいけないというんだ。お前はもう俺の義弟ではない。我が甥の伯父。結婚をしても許される身だ」

「あ……」

この言葉に、ラナンは目の前のシャボン玉が弾けたようだった。これまでの辛かった恋に光明が差したのだ。

「結婚しよう、ラナン。今度こそ首を縦に振ってくれるな」

「はい」

ラナンはアーシュの胸の中に飛び込むと、力いっぱい抱き締めた。

しかし、それと同じぐらいの力で……いや、それ以上の力と想いで、アーシュは抱き締め返してくれたのだった。


宝物室から盗まれたイエローダイヤモンドの指輪は、カリナの私物の中から見つかったという。

城に帰り、一番最初にそう聞かされたラナンは、トウマの顔を信じられない気持ちで見つめた。

「そんな……確かにカリナは我が儘なところがあるけれど、盗みを働くような子では……！」

「信じたいお気持ちはよくわかります。でも、事実なのです」

残念そうに眉毛を下げたトウマに、ラナンは力なく椅子に腰を下ろした。

リクは今日も元気に幼稚園へ行っているとのことだった。ラナンは急な用事で出かけてしまったが、すぐにたくさんの土産《みやげ》を持って帰ってくる……とトウマが伝えたところ、その言葉を信じ、幼い彼は水色の馬車に乗って、気丈にも幼稚園へ向かったそうだ。

この話を聞いて、ラナンは彼が帰ってきたら思いっきり抱き締めてあげようと思った。彼を不安にさせた分、愛情で返そうと。たとえ本当の母親でなかったとしても。

しかし、今はカリナの方が重要だ。現在彼女は捕らえられ、城内の一番北端にある塔に幽閉されているという。

「――カリナ」

ハバットとアーシュに許可をもらい、ラナンは妹のもとを訪れた。

彼女は、じめじめとした暗い小さな部屋に閉じ込められていた。質素なドレスと髪型をして。

「兄さん……」

ゆっくりと向けられた目は虚《うつ》ろで、一晩でやつれて別人のように覇気がなくなった妹に、驚いてラナンは駆け寄る。

「どうして指輪なんか盗んだの？　カリナ」

部屋に入り、彼女が座るベッドの隣に腰を下ろしたラナンは、妹の華奢《きゃしゃ》な肩を抱いた。その肩は少し震えていて、ラナンをより一層不安にさせた。

自分より年下の従者を誘惑し、宝物室の清掃の際にダーシャの指輪を盗ませたというカリナは、素直に事実を認めていた。その従者はもう、盗みの罪で斬首されている。

「だって……欲しかったんですもの」

徐《おもむろ》に呟いた彼女の言葉に、ラナンは子どもにするように叱責した。

「そんな理由だけで、盗みを働くなんて……」

「だって、欲しかったんですもの！　家を出る時は、リクにあげてしまったけれど。それでも彼の指輪が……大好きだったダーシャの形見が、やっぱり欲しかったの！」

「カリナ……」

突然ボロボロと涙を流すと、彼女は赤子のように泣きじゃくり、両手で顔を覆った。

「愛していたのよ、ダーシャを。でもあの人は、どんなにお願いしても私のところにいてはくれなかった。そして天国へ行ってしまったの……！」

カリナは、心の底からダーシャを愛していたという。しかしダーシャは一か所に留《とど》まることを嫌がり、風のように次の街へと旅立ってしまったのだそうだ。

「リクを産んだのも、好きな人の子どもだったから。でも私に子育ては無理だった。リクを見るたびに辛くなったの。ダーシャがそばにいないことに」

そしてラナンと住んでいた家を飛び出して、放浪し、流れ着いた街で侍女として働き出した。そうして街で聞いたのだ。兄と息子の現在と、愛しい男の死を。

「だから、ダーシャの指輪を盗むために城に入り込んだの。二人の思い出がいっぱい詰まった思い出の指輪を。それさえあれば華やかな生活だっていらないわ。だからお願い、ダーシャの形見を……写しでもいいから私にちょうだい」

後日、カリナの願いは叶《かな》えられ、指輪の写しが与えられた。

それからひと月後。

国外追放を言い渡されたカリナは、ラナンに見送られてひとりで馬車に乗り込んだ。さようならも言わずに旅立った彼女が、隣国の湖で遺体として発見されたのは、それから半年後のことだった。

その日、王国は歓喜と熱狂に包まれた。

アーシュとラナンの結婚式が盛大に行われたのだ。

自分の甥を守るために、偽りの母親としてこの国にやってきたラナンは、国民から聖母として歓迎され、その半生を描いた本は飛ぶように売れた。

この熱狂はなかなか冷めやらず、やっとラナンが一息つけたのは、結婚式から四カ月も経った夏のことだった。

「おかーさん！　アーシュ！　イルカだよ！　イルカが飛んだよ」

ランディーナ王国で迎える三度目の夏を、ラナンとリクは船旅をして過ごした。アーシュがまた休みを取ってくれたのだ。

近隣の国を巡り、時には海に潜ったりして過ごす旅はじつに楽しくて、カリナの突然の死に塞《ふさ》ぎ込んでいたラナンの心をゆっくりと癒していってくれた。

そしてラナンは、夜の甲板から見る星空が何より好きだった。

リクを寝かしつけ、ひとりで星を見上げていると、そっと毛布をかけられた。

「アーシュ様、起きてらしたんですか？」

夜の海は冷える。上着を持ってくればよかったなぁと思っていた時だった。穏やかに微笑む夫の姿がそこにはあった。

「お前のいないベッドで眠れるものか。また何か思い詰めて逃げられたら困るからな」

「ここは海の上ですよ？」

クスクスと笑うと、アーシュにそっと肩を抱かれた。

「なぁ、ラナン」

「はい？」

「今日、リクに言われたんだが」

「はい」

唐突に話し出した彼に首を傾げると、これまで見たこともないほど真剣な眼差しを向けられた。

「リクは妹が欲しいそうだ」

「……は？」

「だから、妹が欲しいそうだ。そろそろ作らないか？　俺たちの子どもを」

「僕たちの……子ども」

彼の言葉を反芻した途端、頬が一気に熱くなった。

「言葉の意味を、理解したようだな」

真剣な表情を崩さないまま、アーシュはラナンを横抱きに抱え上げた。

「うわっ……」

驚いて彼の逞しい首にしがみつくと、そのまま船の中へ連れていかれた。そして一番手前の客室のベッドの上に下ろされる。

「あ……あの、今日は発情期ではありませんし、妊娠する可能性はとても低いと思います……」

なかば混乱していたのもあるが、ひどく真面目《まじめ》に答えてしまった自分に、ラナンはあとから恥ずかしくなった。

「案ずることはない。発情期でなくても、妊娠するオメガ性はいると聞いた。だからこれからは、さらに毎晩励まなければな」

「ア……アーシュ様ったら！」

そう言って自分の上にのしかかってきた彼に、ぶわっと全身が熱くなった。

自分は一体、どこまで初心《うぶ》なのか。もう何百回と彼とは夜をともにしているのに、身体を繋げることにまだまだ慣れない。大好きな男に抱かれる羞恥にも、感動にも、歓喜にも、きっと永遠に慣れることはできないのだろう。

しかしアーシュは、慣れた手つきでラナンの衣服を脱がしていく。

そして露わになった箇所から唇を落とし、屹立した熱に舌を絡ませていく。

「あっ……ん、だめ、やぁ……あぁっ」

金色の髪を掴み、ラナンは緩やかな抵抗を試みた。

しかしそんな態度すらアーシュには刺激になるようで、潤みだした後孔にゆっくりと指を挿入される。

「ん……んん……」

熱を帯びた快感が全身に滲《し》み渡り、知らずと腰が前後に揺れてしまった。

「あぁ、アーシュ様……アーシュ様ぁ……」

じゅっじゅっ……と音を立てながら前を舐めしゃぶられ、潤んだ蕾《つぼみ》も同時に蹂躙《じゅうりん》されて、ラナンの意識は快感しか求められなくなっていった。

「お前は本当に可愛いな。いや、可愛くて美しい。ビジューの花そのものだ」

「あぁ……ん、アーシュ様……」

ラナンは一度アーシュの口腔に精を放つと、最近覚えた拙《つたな》い舌技で、一所懸命アーシュの昂りを愛した。

「上手くなったたな、ラナン」

「んむ……ん、んん……」

きっと美味しくはないのに、アーシュの精液はどこまでも愛おしくて甘味に思えて、ラナンは彼の迸《ほとばし》りを喉の奥で受け止めた。

「なんだ、飲んだのか？　無理はしなくていいんだぞ」

「無理はしていません。僕が……飲みたかったから」

頬を染めて上目遣いに答えると、そのまま押し倒された。

そしてすっかり蜜に潤んだ後孔に、再び力を取り戻した猛りがあてがわれる。

「あぁぁ……っ」

心の底から欲しかった刺激が与えられ、身体が大きく撓《しな》った。

心も満たされていき、広いアーシュの背中に爪を立てる。

「だめだめ……そこは突いちゃだめ……」

一番感じる箇所を重点的に狙われて、ラナンは快感の涙を零しながら頭を横に振った。

「何を言っている。感じているお前が見たいんだ。もっと俺の腕の中で乱れろ、美しいビジュー」

「あぁん……やぁ……」

目も眩むような絶頂を迎えて、ラナンはくったりと身体を弛緩《しかん》させた。

しかしアーシュは一度では許してくれず、その夜は意識を失うほど激しく求められ、リクが眠る部屋に戻ったのは、朝日が昇ってからだった。

＊

「さぁ、みんな。ベッドに入って。『ヤスミンの大冒険』を読みますよ」

「はーい！」

「あーい！」

「なんだ、今夜はコンコールをしないのか？」

八歳になったリクの隣には三歳の妹のビジューが寝ころび、二人はじゃれ合うように互いの脇腹を突き合いながら、くすくすと笑っていた。

「お父様も早くベッドに入って」

「早く！　早く！」

ひとしきり笑い転げると、リクとビジューはアーシュに向かってせがんだ。

すると彼はくしゃっと微笑みながら、ビジューの横に転がった。まるで自分も、少年のような無邪気な笑みを浮かべながら。

「それじゃあページを捲りますよ。『むかしむかし、ランディーナ王国にヤスミンという名のアヒルがいました。ヤスミンはお転婆な女の子ですが、とても心の優しい子です。今日も船着き場で遊んでいると……』」

ラナンの優しい声が寝室に響き、家族四人の幸せな時間が始まった。

子どもたちの笑い声が満ちた寝室には笑顔が溢れて、一日の疲れを癒すように穏やかな時が流れていく。

ここまで来るのに、本当にいろいろあったけれど、それでもラナンはかけがえのないこの幸せを守るため、全力で生きようと思った。

そして夫と子どもたちを絶対に守ろうと。

二度と手放すことはないこの幸福を嚙み締めながら、ラナンは家族の笑い声が世界で一番の宝物なのだと、心の底から思ったのだった。

（おわり）

あとがき

この度は『偽りのオメガと愛の天使』をお手に取ってくださり、ありがとうございます。

今回は、初となる子育て系オメガバース小説です。これまで後日談等で子どもを書いたことはあったのですが、やはりちびっこが出てくると、どんなお話でもパッと明るくなっていいですね！　そして本作は主人公が菓子職人ということもあり、世界のお菓子もいろいろ調べました。中でも一番心惹かれたのがトルコの伝統菓子で、いつかトルコへ行って、甘ーいお菓子を堪能したいと思います。

今回イラストを担当してくださいました、篁ふみ先生。本当にありがとうございました。繊細な篁先生のイラストに感激しながら、楽しくお話を書くことができました。

また担当様はじめ、本作が書店に並ぶまでご尽力くださった皆様に、感謝申し上げます。

最後になりましたが、この本を読んでくださった皆様に、両腕いっぱいの『ありがとう』を♡　また次回作でお会いできるのを楽しみにしております。

柚月美慧

ラルーナ文庫

この本を読んでのご意見・ご感想・ファンレターなどお待ちしております。〒111−0036 東京都台東区松が谷1−4−6−303 株式会社シーラボ「ラルーナ文庫編集部」気付でお送りください。

本作品は書き下ろしです。

偽《いつわ》りのオメガと愛《あい》の天使《てんし》

2020年3月7日 第1刷発行

著　　者｜柚月《ゆづき》 美慧《みさと》
装丁・DTP｜萩原 七唱
発 行 人｜曺 仁警
発 行 所｜株式会社 シーラボ
〒111-0036 東京都台東区松が谷 1-4-6-303
電話 03-5830-3474／FAX 03-5830-3574
http://lalunabunko.com
発 売 元｜株式会社 三交社（共同出版社・流通責任出版社）
〒110-0016 東京都台東区台東 4-20-9 大仙柴田ビル 2 階
電話 03-5826-4424／FAX 03-5826-4425
印刷・製本｜中央精版印刷株式会社

 ISBN978-4-8155-3232-1